KB142847

노래 따라 동해 기행

이동순 지음

들어가는 말

인간의 삶은 노래와 더불어 발전하고 변화해왔다. 어떤 악조 건 속에서도 노래가 있어서 그 힘든 시간을 극복할 수 있는 저력 이 생겼고, 인간은 노래에 기대어서 자기 앞의 삶을 살아왔다. 삶 이란 언제나 화평과 안정보다는 시련과 고난의 세월이었다. 하지 만 그 고통이 언젠가는 떠나갈 것을 믿었으며, 그런 희망으로 현 재를 버티어갈 수 있었다. 험난한 환경과 싸우고 그것을 헤치며 나아갈 때 노래는 저절로 생성되었고, 그 노래들이 하나둘 모여 서 우리네 삶을 떠받쳐주는 정신적·문화적 토대가 되었다.

예로부터 한국인은 노래를 좋아하는 민족이었다. 그것도 단순 히 좋아하는 것이 아니라 특별히 즐기는 민족이었다. 우선 〈아리 랑〉만 두고 보더라도 삼천리강토 전역에 〈아리랑〉 없는 곳이 어 디 있는가? 1920년대에는 민족의 노래인 민요의 생동하는 가락 과 율격을 유난히 사랑하던 한 시인이 있어 "조선은 메나리 나 라"라고 명명하였다. 그는 노작 홍사용(1900~1947)이다. 민요의 리듬을 자신의 시 작품 창작에 한껏 활용하면서 노래의 기능을 시에 도입했던 것이다. 홍사용이 말했던 '메나리'란 농민들이 논 과 밭에서 일할 때 부르는 노래를 말하지만 식물학적으로는 메꽃 에서 유래된 말이다. 이 메꽃을 한자어로 산유화(山有花)라 부르 는데, 전국 어딜 가나 메나리꽃 없는 곳이 없듯이 민중들이 부르 는 노래인 민요가 없는 곳도 없다는 것이다. 가령 〈아리랑〉만 하 더라도 그것은 마치 메나리꽃이 전국에 저절로 돋아나 생장하듯 이 지역마다 〈아리랑〉은 생겨나는 것이다.

농사일, 집안일, 크고 작은 대소사에 일가친척, 친지들이 모여 서 술잔이라도 주고받다 보면 저절로 오장육부에 갈무리되어 있던 노래 보따리가 터져 나오게 마련이다. 지금은 외래적인 노래방 문화가 밀려들어와 집안 모꼬지에서 흥겹게 부르고 즐기던 노래가 거의 사라지고 말았지만 예전에 노래는 잔치 자리에서 빠져서는 안 되는 필수 요소였다.

오랜 시간 이런 문화가 바탕이 되어서 지역마다 그 지역의 정서와 특성을 담아내는 노래들도 생겨나기에 이르렀으니, 20세기 초반부터 자리 잡기 시작했던 대중가요 관련 문화가 그것이다. 조선 시대부터 이어져오던 시조, 가사, 잡가, 민요의 연창(演唱)이 근현대 창가(唱歌)를 거쳐 드디어 가요 시대로 접어들었다. 비록 박래품(舶來品)이긴 하지만 축음기(蓄音機)라는 문명적 도구가 가요의 전파와 확산을 도와준 유익한 도구임에는 틀림없다. 일본인에 의한 비극적 식민 통치 시기에는 저급한 제국주의 문화와 이념을 우리 노래 속에 강제로 심으려 온갖 획책을 부렸으나 일부의 생채기만 남겼을 뿐 우리 노래의 정신적·문화적 전통은 큰 손상이나 중심 교란 없이 잘 유지, 갈무리되어 얼마나 천만다행인지 모른다.

우리 가요는 유행가, 신가요, 대중가요, 트로트 등으로 불려온 노래 양식이 그동안 밀물처럼 쏟아져 들어왔던 온갖 외래적 요소와 갖가지 혼합, 혼종(混種), 혼혈의 과정을 겪으며 현재의 모습으로 자리하고 있다. 우리가 힘들었던 시련의 세월을 잘 이겨내고 오늘에 다다르게 된 것처럼 노래 또한 고난의 역사를 너끈히 견디어 오늘에 당도한 것이다. 그러므로 인간의 역사와 노래의 역사는 언제나 그 맥을 같이해 왔다.

100여 년이 넘는 한국 대중음악사의 전체 시간을 돌아다보면 거기엔 영광과 함께 오욕도 많았다. 하지만 이만한 외적 형태를 갖추게 된 것만도 생각해보면 참으로 장하기 짝이 없다. 누가 함부로 우리 가요의 특성과 본질에 대하여 비판과 모독의 칼날을 들이댈 수 있을까?

필자는 경상북도 지역, 그중에서도 동해를 끼고 있는 연안 지역의 노래들만 골라 그 종류와 특성, 작사가의 관점, 작곡가의 솜씨, 가수의 개성 등에 대해 면밀하게 살펴보고 싶었다. 영남 지역은 대중문화에 대하여 호남에 비해 다소 소극적 태도와 굼뜬 반응을 나타낸다는 지적도 있지만 막상 그 내부에 들어가 보면 꼭 그런 것만도 아니었다. 환동해권(環東海圈) 지역의 대중가요가 지니고 있는 노래들의 특성은 노래 자체의 기능에 충실하고자 한 작품들이 많았다. 지난 세월의 격동, 환난의 구체성은 해당 지역 노래 속에 아주 부드럽게 발효되고 무르녹아 제각기 하나씩의 멋진 대중예술 작품으로 육화되어 있는 구체적 현장을 확인할 수 있었다. 다만 대중음악 작품 창작에 종사해온 담당층들이 때로는 자신에게 맡겨진 직분과 책임의식에 소홀하고 그 결과 가볍고 부박하며 중량감이 부족한 작품을 생산한 경우도 없지 않았다. 하지만 이 모든 것은 장차 우리가 어떻게 지역 문화를 창출하고 발전시켜가야 하는가에 대한 훌륭한 각성과 교훈의 자료가 된다.

경상북도 동해안 지역의 가장 위쪽인 울진에서 시작하여 영덕, 포항, 울릉, 경주에 이르기까지 도합 5개 지역을 다룬 노래를 선별하여 작품의 미학적 측면을 음미하며, 그 특성을 정리하였다. 이렇게 엮은 자료집을 들고 직접 다정한 벗들과 동해안 여러 지역, 특히 이 책에 등장하는 가요 작품의 유적지와 곳곳에 세워져 있는 노래비를 일일이 찾아다니는 답사 활동을 기획해보는 것도 유익한 활동 중 하나일 것이다.

이 책을 집필하는 동안 줄곧 가슴속에서 떠나지 않았던 말은 '인생은 유한하지만 노래는 영원하다'는 만고불변의 진리이다. 노래는 인간의 삶을 열악한 환경에서 구출해주었고, 인간은 노래의 막강한 지원과 도움 속에서 기쁨과 즐거움, 행복감과 화합의 아름다움까지 누리며 이날까지 살아왔다. 우리 지역에는 과연 어떤 노래가 있을까 궁금증을 갖고 오늘부터 새롭게 찾아보는 것도 삶의 새로운 추구와 멋진 실천이 아닐까 한다.

다만 한 가지 아쉬운 점은 영남 지역, 특히 환동해권 노래들이 가짓수는 많지만 특별히 두드러진 명곡이나 절창, 즉 겨레의 노래가 그리 많지는 않았다는 점이다. 가령 〈목포의 눈물〉, 〈대전 블루스〉, 〈이별의 부산정거장〉, 〈흑산도 아가씨〉, 〈이별의 인천항〉, 〈소양강 처녀〉 등의 사례에서 보듯 지역성의 노래이면서 동시에 한국인 모두가 함께 부를 수 있는 겨레의 노래를 환동해권 지역에서도 많이 산출해낼 수 있도록 함께 노력해야겠다는 갈망이다. 이것은 쉽게 빠른 시간에 단숨에 성취될 수 있는 부분은 결코 아니다. 하지만 우리가 이런 꿈을 간직하고 살아간다면 그 또한 실현 불가능한 일은 아닐 것이다.

집필하는 동안 필자는 마치 환동해권 지역들에서 발생한 가요의 자취를 좇아 동해 여행을 하는 기분이 들기도 했다. 독자들도 이 책을 펼쳐 읽으며 색다른 동해 여행을 하는 듯한 기분이 들었으면 좋겠다.

이 책이 독자 여러분에게 색다른 동해 여행의 길잡이가 되어주기를 바라는 마음 간절하다.

2020년 겨울
이동순

차례

노래 따라 동해 기행

1부

경상북도의 지리와 역사

한반도 남동부에 위치한 경상북도는 10개 시와 13개 군을 껴
안고 오랜 세월에 걸쳐 변화와 발전을 거듭해왔다. 시 지역은
포항·경주·김천·안동·구치·영주·영천·상주·문경·경산이고, 군 지
역은 군위·의성·청송·영양·영덕·청도·고령·성주·칠곡·예천·봉화·
울진·울릉군이다. 경상북도의 동쪽은 동해에 닿아 있고, 서쪽은
충청북도와 전라북도, 남쪽은 경상남도, 북쪽은 강원도와 충청
북도에 서로 인접해 있다.

경북 최대의 관광지인 경주는 삼국 시대와 통일신라의 수도
였던 곳이다. 경주를 중심으로 여러 지역들에 다양한 불교 유적
과 유물이 남아 있는 이유다. 신라와 고려 시대에 축조된 산성,
조선 시대의 유적들도 경상북도의 역사성을 보여주는 소중한
문화유산이다.

경상북도는 '호국정신'이라는 역사철학의 중심지이기도 했
다. 신라 시대의 화랑도가 탄생한 곳이자, 고려 시대 거란 침입
당시 초조대장경을 보관한 지역이다. 몽고 침입 당시에는 팔공

산을 중심으로 군사적 요충지 역할을 했다. 선비 문화가 발달했던 조선 시대에는 유학의 본고장으로서 43개 향교를 비롯하여 수많은 유림(儒林)을 양성하면서 퇴계 이황, 남명 조식, 여헌 장현광, 서애 류성룡, 학봉 김성일 등 뛰어난 학자들을 배출하며 영남 학파를 형성했다.

지역명도 변화를 거듭하며 현재에 이르렀다. 고려 태조 때 동남도가 되었다가 995년(성종 14년)에 영남도, 영동도, 산남도로 나뉘었다. 1106년(예종 1년)에 다시 경상진주도로 통합된 후 몇 차례 개칭을 거쳐 1314년(충숙왕 1년)에 비로소 경주와 상주의 지명을 합친 '경상도'라는 명칭으로 확정되었다. 조선 태종 7년(1407년)에는 군사상의 이유로 낙동강을 경계로 좌도와 우도로 나눔에 따라 좌도의 대부분과 우도의 일부를 포함하게 되었다. 이후 1896년 고종이 대한제국을 선포하고 갑오개혁을 실시하면서 전국을 13도로 개편하고 경상북도를 떼어 대구에 관찰사를 두고 41개 군을 관할하게 했다. 1914년에는 군과 면을 폐합했는데 이때 대구는 1부와 22군으로 개편되었다. 1931년 읍면제가 실시되면서 김천·포항·경주·상주·안동은 각각 읍으로 승격되었다. 이후 1937년에 영천·예천·감포, 1940년에 영주·의성, 1942년에 구룡포가 읍으로 승격되었다.

8·15 해방 후 1949년에 포항·김천이 시로 승격됐고, 안강·왜관·청도는 읍으로 승격되었다. 울릉도는 군으로 독립했다. 1955년 경주가 시로 승격되면서 경주군이 월성군으로 개칭되었다. 1963년에는 강원도 울진군이 새로 편입되었고 안동은 시로 승격되었다. 1978년에는 구미시가 신설되었다. 1980년에는 영주도 시로 승격되면서 영주군은 영풍군으로 개칭되었다. 1981년에는 대구가 인접 지역을 흡수하면서 직할시로 승격, 분리되었다. 그에 따라 영천은 시로 승격되었고, 상주와 점촌도 1986

년 시로 승격되었다. 1991년 월성군은 다시 경주군으로 개칭되었다.

1995년에는 100여 년 만에 대대적으로 전국 행정 구역 개편이 실시되었다. 이때 10개의 도농 통합시가 탄생되었다. 포항시와 영일군이 포항시로, 경주시와 경주군은 경주시, 안동시와 안동군이 안동시, 영주시와 영풍군이 영주시, 김천시와 금릉군이 김천시, 경산시와 경산군이 경산시, 영천시와 영천군이 영천시, 점촌시와 문경군이 문경시, 구미시와 선산군이 구미시, 상주시와 상주군이 상주시로 각각 통합되었다. 달성군은 경상북도에서 분리되어 대구광역시에 편입되었다. 이듬해 2월 대구광역시 산격동에 있던 경상북도청이 안동시 풍천면과 예천군 호명면 일대에 조성된 경상북도청 신도시로 이전되었다.

한때 인구수가 가장 많았던 적도 있었으나 현재는 270만 명으로 전국 5위에 머물고 있다. 경상북도에는 1만 1,900개의 마을이 있는데 임업촌, 농촌, 어촌 중 농촌이 가장 많이 분포해 있다.

동족 마을이 가장 많은 지역도 경북이라고 한다. 북한까지 포함해서 우리나라에는 대략 1,689개 동족 마을이 있는데 경북에만 246개 동족 마을이 존재한다. 50호 이상의 동족 마을이 있는 곳으로는 안동이 15곳으로 가장 많다. 영천이 8곳, 군위·영덕·포항·문경이 7곳, 김천·예천·청도·경산이 6곳, 성주·고령·봉화가 5곳이다. 조선 시대부터 농촌 동족 문화의 꽃을 피워 번성해왔음을 알 수 있다.

노래는 대중문화의 주요 장르 중 하나이다. 경상북도의 주요 지역들—영주·문경·달성·상주·의성·군위·고령·경산·청도·영천·영양·봉화·예천·김천·성주·청송·울릉—에서도 적지 않은 분량의 대중음악 콘텐츠를 찾아볼 수 있다.

이들 지역 중 바다에 연접해 있는 5개 지역—울진·영덕·포항·울릉도와 독도·경주—을 통틀어 환동해권이라 부른다. 이 지역은 예로부터 바닷길로 맞닿은 해양 공간에서 무수한 이동과 교류가 활발하게 펼쳐졌던 곳이다. 물자와 인력 등의 이동과 교류에는 문화와 인문학의 상호 영향도 동시에 펼쳐지게 마련이다. 이를 환동해적 관점에서 분석해보면 다양한 의미와 가치가 존재하고 있음을 발견하게 된다.

노래 따라 동해 기행

2부

환동해(環東海)를 배경으로 생겨난 노래들

1. 울진의 노래

(1) 포구의 인사(김다인 작사, 이봉룡 작곡, 남인수 노래,
1941, 오케 31065)

포구의 인사란 우는 게 인사러냐
죽변만 떠나가는 팔십 마일 물결에
비 젖는 뱃머리야 비 젖는 뱃머리야
어데로 가려느냐 아~

학 없는 학포란 어이한 곡절이냐
그리운 그 사람을 학에다 비겼는가
비 젖는 뱃머리야 비 젖는 뱃머리야
어데로 가려느냐 아~

해협을 흘러가는 열사흘 달빛 속에
황소를 실어 가는 울릉도 아득하다
비 젖는 뱃머리야 비 젖는 뱃머리야
어데로 가려느냐 아~

경상북도 최동북단에 위치한 울진군의 동쪽은 동해, 서쪽은
봉화군과 영양군, 남쪽은 영덕군, 북쪽은 강원도 삼척시와 연
결되어 있다. 예로부터 청정한 자연환경과 풍부한 농업 생산력
으로 살기 좋은 지역의 으뜸으로 손꼽히는 고장이었다. 그러다
1905년 러일전쟁 무렵부터 불온한 바람이 불어닥쳤다. 울진 앞
바다가 러시아군과 일본군이 대결하는 전장(戰場)으로 돌변해
버린 탓이다.

1905년 5월 28일 울진 고포(姑浦) 앞바다에서 일본 군함 2척
과 러시아 군함 1척이 교전을 벌였다. 마을 사람들은 격렬한 전
투를 피해 살길을 모색해야 했다. 그때 파도에 밀려온 불발 포
탄 하나가 울진 앞바다 주변에서 발견되었다. 그런데 주민들이
몰려들어 이를 서로 차지하겠다고 싸우는 바람에 폭발하고 말
았다. 이 사고로 주민 35명이 사망하는 비극이 벌어졌다.

이후 러시아군을 격퇴한 일본군이 울진 지역에 상시 주둔하
게 되었다. 또 언제 벌어질지 모를 러시아와의 대결에 대비하기
위해서였다. 울진은 군사 전략상 일본의 요충지였기 때문에 이
곳에 등대를 세우고 러시아 군함의 접근을 감시하고 경비했다.
일본군의 위세가 주민들을 겁박하기 시작했고, 일본에서 건너
온 이주민들까지 울진에 들어와 정착하게 되면서 그들의 세력
과 횡포는 날로 더해갔다.

러일전쟁을 계기로 일제의 침탈은 한반도 연해의 모든 어장
으로 확대 강화되었다. 일제는 통감부 정치를 시작하면서 자국

어민들의 집단 이주 정책을 추진했다. 관리들을 일본에 파견해 일본 어민들의 집단 이주를 적극 장려한 결과였다. 이 정책에 의해 1910년 이전까지 5,000여 명의 일본 어민들이 울진으로 이주해 왔다. 그 결과 일본인의 어업 침탈이 늘어났으며 피해를 입은 조선 어민과 일본 어민들 사이에 자주 심각한 분쟁이 빚어졌다.

1904년 4월 영덕군 남면에서 벌어진 사건이 대표적이다. 이해 4월 21일 영덕군에 거주하는 어민 김갑중이 바다에 나가 고기잡이를 하던 중 일본 어선을 만나 어물(漁物)을 빼앗기고 상해를 당하는 일이 발생했다. 다음날 일본 어선 3척이 본진(本津)에 들어오자 주민 최경칠, 박성근, 우명구 등이 이들을 공격했지만, 오히려 무장한 일본인들로부터 큰 피해를 입고 말았다.

⟨포구의 인사⟩는 당시 울진 지역 일대에서 빚어진 군사적 분쟁으로 인해 삶의 터전을 침탈 당하고 방황하던 주민들의 심리를 반영하고 있다는 점에서 주목할 만하다.

일제 말에도 울진 죽변항에서 울릉도를 오가는 배편이 있었던 것으로 보인다. 후렴구로 반복되는 각 소절의 마지막 대목 '어데로 가려느냐 아~'는 삶의 방향성을 상실한 화자의 혼미한 방황 심리를 드러낸다.

노랫말에도 나오는 '학포(鶴浦)'는 울릉도의 옛 지명으로 '학이 머무는 바닷가'라는 의미를 담고 있다. 하지만 학이 날아들었던 그곳에서 이제 더 이상 학을 볼 수 없다. 궂은 비가 내려 뱃전을 적시고, 죽변항에서 황소를 싣고 울릉도로 향해 가는 선박에서의 잔잔한 애수가 느껴진다.

이 곡의 작사가 김다인은 아직까지도 그 실체가 규명되지 않은 인물이다. 특기할 만한 점이라면 작사가 조명암과 박영호가 이 필명을 공유하는 기이한 사례가 발견된 것이다. 김다인은 한때 조명암의 또 다른 필명으로 알려졌는데, 박영호도 이 필명을 사용했다는 사실이 밝혀졌다. 조명암과 박영호, 두 작사가는 무슨 연유로 '김다인'이라는 동일한 필명을 공유하게 된 걸까? 뭔가 흥미로운 사연이 숨어 있을 것만 같다.

전남 목포 출생의 작곡가 이봉룡(1914~1987)은 가수 이난영(1916~1965)의 오빠로도 널리 알려진 인물이다. 이봉룡과 이난영 남매는 아버지가 가정을 돌보지 않고 어머니는 생계를 위해 외지로 떠나간 빈궁한 가정 환경에서 성장했다. 간신히 보통학교를 졸업한 이봉룡은 음반 상점을 운영하며 생계를 이어갔고, 작곡가로 데뷔하기 전인 1934년에 가수의 길을 먼저 걸었다. 두 살 터울의 동생 이난영을 가수로 데뷔시킨 것도 이봉룡이었다. 이후 작곡가의 길을 걷기로 결심한 이봉룡은 당대 최고의 인기를 누리던 가수 남인수(1918~1962)와 함께 〈낙화유수〉, 〈남아일생〉 등 히트곡을 계속 만들었다.

이난영은 악극단에서 활동하며 김해송(1910~?)과 만나 결혼했다. 천재적 재능을 가진 작곡가였던 김해송은 처남 이봉룡에게 본격적으로 작곡법을 가르쳐주었다.

김해송은 해방 직후 국토 분단의 비극성을 담아낸 〈달도 하나 해도 하나〉로 큰 인기를 모았다. 1950년 6·25전쟁이 발발하면서 김해송이 인민군에게 납치되는 사건이 발생하자 이봉룡은 이난영을 데리고 부산으로 피난했다.

이난영은 피난지에서 홀로 7남매를 키우며 어렵게 생활해야 했다. 후에 이난영·김해송 부부의 딸들이 결성한 그룹 '김시스터즈'의 멤버 중에는 이들과 외사촌 사이인 이봉룡의 딸도 포함되어 있다.

1956년 이봉룡은 대한레코드작가협회 부회장으로 선출되었다. 1958년에는 센츄리(Century)레코드 전속 작곡가로 있다가 아예 음반 제작사를 직접 운영하기도 했다. 그러다 1969년에 자녀들이 있는 미국으로 이민을 가면서 음악 활동을 중단했다. 1986년 잠시 귀국하여 여관에서 기거하다가 1987년 1월 9일 사망했다.

가수 남인수(1918~1962)는 유명세만큼이나 많은 설이 전해진다. 데뷔 전에 일본에서 노동자로 일했다는 소문도 돌았고, 중국어를 배우다가 서울로 올라왔다는 설도 돌았다. 당시를 살았던 대부분의 사람들과 마찬가지로 불우한 유년 시절과 청소년 시절을 보냈다.

가요계 데뷔는 1936년 김상화 작시의 〈눈물의 해협〉을 부르면서다. 하지만 이 곡은 대중의 관심을 끌지 못했다. 이 곡은 1938년 작곡가 박시춘(1913~1996)이 오케레코드로 옮겨가면서 작사가 이부풍(1916~1982)에게 개사를 부탁해 〈애수의 소야곡〉으로 재탄생했다. 이 곡이 공전의 히트를 기록하면서 남인수는 당대 최고의 인기 가수로 존재감을 알렸다. "100년에 한번 나올까 말까 한 미성의 가수 탄생"이라는 찬사가 언론 매체의 타이틀을 장식했을 정도다.

이후 20여 년간 타고난 미성으로 최고의 인기를 누리며 수많은 히트곡들로 대중의 마음을 사로잡았다. 〈감격 시대〉, 〈유정 천리〉, 〈낙화유수〉, 〈가거라 삼팔선〉, 〈이별의 부산정거장〉, 〈추억의 소야곡〉, 〈산유화〉, 〈무너진 사랑탑〉 등의 명곡들이 지금까지 널리 불리고 있다. 활동 기간 동안 무려 1,000곡 가까운 노래를 발표했다고 하는데, 현재까지 확인된 것은 절반도 채 되지 않는다. 그의 노래들은 대개 청춘의 애틋한 사랑과 인생의 애달픔, 유랑의 슬픔 등을 그린 곡들이 많다.

'가요 황제'라는 수식어를 달고 다녔던 가수 남인수는 음역이 넓고 감정 표현도 풍부하여 가수로서 천부적인 자질을 갖추고 있었다. 옹골찬 미성이 특징적인 목소리에 음높이와 발음도 정확하여 고음 처리에 강점을 보였다. 남인수의 등장으로 가요계의 새로운 판도가 열렸다고 해도 과언이 아니다. 채규엽, 고복수, 강홍식 등 이전 세대 인기 가수의 시대가 저물고 남인수의 시대가 활짝 열린 것이다.

동료 가수 이난영과의 로맨스도 대중의 관심사였다. 이난영은 원래 작곡가 김해송의 부인이었다. 전쟁 때 김해송이 북으로 납치되면서 이난영은 남인수의 도움을 받으며 김해송이 운영하던 악단을 운영했다. 이난영은 1962년 남인수가 폐결핵으로 사망할 때까지도 극진히 간호했다. 이난영의 간호에도 남인수는 결국 병마를 이기지 못하고 1962년 7월 세상을 떠났다. 사망 전 한국연예인협회 부이사장, 대한가수협회 회장 등을 지냈던 남인수의 장례식은 연예협회장으로 치러졌다.

지난 2012년은 가수 남인수 선생의 50주기였다. 이를 기념하기 위해 필자가 현재 회장을 맡고 있는 옛가요사랑모임 '유정천리'가 중심이 되어 남인수 음원 250곡을 수집 정리하여 CD 10매로 제작한 '남인수전집'과 해설을 발간했다.

(2) 고향 소식(조명암 작사, 이촌인 작곡, 백년설 노래, 1943, 오케 31182)

　　사공아 뱃사공아 울진 사람아
　　인사는 없다마는 말 물어보자
　　울릉도 동백꽃이 피어 있더냐
　　정든 내 울타리에 정든 내 울타리에
　　새가 울더냐

　　사공아 뱃사공아 울진 사람아
　　초면에 염체 없이 다시 묻는다
　　울릉도 집집마다 기가 섰더냐
　　정든 내 사람들은 정든 내 사람들은
　　태평하더냐

　　사공아 뱃사공아 울진 사람아
　　어느 때에 울릉도로 배를 부리고
　　이렇다 할 젊은 사람 나라 일 많아
　　환고향 못 한다고 환고향 못 한다고
　　전하여 다오

　　1943년 오케레코드에서 발매된 음반의 수록곡이다. 이 곡도 〈포구의 인사〉와 유사한 구성과 정서를 담고 있다.
　　일제 말 해방이 가까울 무렵, 울릉도가 고향인 한 청년이 화자로 등장한다. 그는 아마 일본군 지원병으로 강제 입대한 것으로 짐작된다. 공무로 울진에 출장을 왔다가 울릉도로 떠나는 배편을 발견한 청년은 울진 출신의 선장에게 이것저것 고향 소식을 두루 묻고 있다. 동백꽃은 피었는지, 고향 집과 가족들, 일가친척들은 모두 평안하게 잘 지내시는지 묻고 또 묻는 청년의 모습이 절박해 보인다. '나라 일'(일본군 지원병으로서의 복무)에 얽매여 도저히 고향에 돌아갈 겨를이 없다며 안타까워하는 청년 화자의 절박한 처지가 고스란히 드러난 대목이다.

이 곡에 한 번 등장하는 '나라 일'이라는 표현 때문에 이 노래는 군국가요라는 혐의에서 자유롭지 않다. 한국의 주권과 민족적 자아가 상실된 시기에 '나라 일'에 충실한 청년 화자를 등장시키다니 말이다.

그런데 "울릉도 집집마다 서 있더냐"라고 묻는 깃발이 뭘 의미하는지 정확히 짚을 수가 없다. 분명 만선의 깃발은 아닐 테고, 혹시 일장기를 이렇게 에둘러 표현한 것일까? 실제로 백년설은 일제 말 다수의 군국가요를 취입한 바 있다. 이 노래도 그러한 활동의 연장선상으로 보는 것이 타당할 것이다.

화자는 3절에서 본인도 선장이 되어 직접 배를 몰아 울릉도 고향에 가고 싶다는 갈망을 토로한다. 하지만 병영에 묶인 몸인지라 '환고향(環故鄕)', 즉 고향으로 돌아갈 형편이 되지 못하는 점을 몹시 안타까워한다. 어쩌면 백년설은 이러한 청년의 상황에 자신의 처지를 빗대어 표현한 것인지도 모르겠다. 당시 대중가수는 일본 제국주의 체제 선전의 도구로 강제 동원된 나팔수의 운명을 벗어나기 힘들었으니 말이다.

이 곡의 작사가 조명암(1913~1993)은 충남 아산군 영인면 출생으로, 본명은 영인산 정기를 받고 태어났다는 의미가 담긴 영출(靈出)이다. 동학농민군으로 활동하던 부친이 비참하게 사망한 뒤 영출의 모친은 가족을 이끌고 강원도 철원, 금화를 거쳐 금강산 건봉사의 공양주 보살로 들어갔다. 어린 영출은 머리를 깎고 승려가 되어야 했고, 법명은 중련(重連)이었다.

당시 건봉사에 머물고 있던 만해 한용운 스님의 눈에 든 영출은 만해의 추천을 받아 서울의 보성고보에 입학하게 된다. 당대의 대표적인 문인이기도 했던 한용운의 영향을 받은 영출은 1934년 동아일보 신춘문예에 시 「동방의 태양을 향해 쏘라」가 당선되면서 문단에 이름을 올렸다. 이후 모더니즘 계열의 작품을 다수 발표하였다.

영출은 명암(鳴岩)이라는 필명으로 가요시 〈서울노래〉를 응모하여 당선하기도 했는데, 그 가사를 개사하여 제작한 노래가 음반으로 발매되면서 본격적으로 작사가 활동을 시작했다. 1936년에 일본 와세다대학 불문과로 유학을 떠나 학업을 이어 갔으며, 유학 중에도 대중가요 가사를 계속 발표하며 학비와 생활비를 벌었다.

조명암은 일제 강점기에 활동했던 음악인들 중 박영호 (1911~1952)와 쌍벽을 이루는 대표적인 작사가였다. 시적 감수성을 지녔던 그의 노랫말은 박영호에 비해 섬세한 면이 돋보였다. 작사가로 활동하면서 다수의 예명을 사용한 것도 특징적이다. 조명암은 이가실(李嘉實)이라는 예명을 비롯하여 김다인(金茶人), 금운탄(金雲灘)이라는 예명도 사용했다.

후배 작사가 반야월은 조명암을 중국의 시인 이백에 비견한다면 박영호는 두보에 비견할 수 있다고 평하기도 했다. 워낙 대중적 인기가 높았던 작사가였던 만큼 일제 말 조선총독부의 군국가요 작품 제작 의뢰가 밀려들었고, 조명암이 이를 감당해야만 했다. 그는 레코드 회사에서 자발적으로 제작하는 곡의 가사도 모두 감당했다고 한다. 그가 작사한 군국가요는 총 70여 곡이 넘는 것으로 확인된다.

극작가로도 활동하면서 1944년 「승리에의 길」이라는 군국주의 성격의 희곡 작품까지 썼으니 친일 인사로 지탄받아도 변명의 여지가 없을 것이다. 조명암은 2008년 민족문제연구소가 선정한 친일인명사전 수록 예정자 명단 중 음악 부문에 포함되었고, 2009년 친일반민족행위진상규명위원회가 발표한 친일반민족행위 705인 명단에도 포함되었다.

8·15 해방 직후 조명암은 좌익 계열 문인으로 변신한다. 그는 조선연극동맹과 조선문학가동맹의 좌익 계열에서 활동을 이어갔다. 낙랑극회가 문화극장, 민중극장과 공동으로 제작하여 공연한 「위대한 사랑」(1947)은 이 시기의 대표작이다.

이러한 전력 때문인지 북한에서는 조명암에 대해 남한과 상반되는 평가가 이어졌다. 1948년 월북한 조명암은 북한 예술계에 중용되어 활동을 이어갔고, 6·25전쟁 중에는 조선인민군을 위한 〈조국보위의 노래〉를 발표하는 등 진중가요 부문에서 활발히 활동했다. 우리 민족의 고전 『춘향전』을 재해석하여 가극 〈춘향전〉(1960)을 집필하기도 했는데, 이 작품은 김정일의 특별한 관심을 받아 1980년대 후반 재창작되면서 북한 공연계에서 중요한 작품으로 다루어진다.

1973년 북한 정권이 수여하는 국기훈장을 받은 조명암은 김일성상 계관 시인의 지위에까지 올랐고, 사망 후에도 최고의 대우를 받으며 평양 애국열사릉에 묻혔다. 일제 말 뚜렷한 친일 경력이 많이 있음에도 불구하고 북한 정권은 조명암의 친일 경력을 완전히 사면해주었던 것이다.

북한 정권에서 문화성 부상, 민족예술극장 총장, 조선문학예술총동맹 부위원장 등의 고위직을 역임하여 한국에서는 오랫동안 그의 작품에 대한 출판 및 발표가 금지되었다. 〈꿈꾸는 백마강〉, 〈신라의 달밤〉, 〈선창〉, 〈알뜰한 당신〉, 〈목포는 항구다〉, 〈화류 춘몽〉, 〈고향초〉, 〈낙화유수〉, 〈진주라 천리 길〉 등 일제 강점기에 나온 조명암의 히트곡들은 오늘날까지 계속 애창되는 곡들이다.

1960년대 중반 후배 작사가 반야월이 박남포, 추미림이란 가명으로 작사자 조명암의 이름을 대신했는데, 음악저작권협회가 발족되면서 한국의 유족에게 저작권을 넘기면서 작사가로 활동한 조명암의 이력이 알려지기 시작했다.

하지만 1988년 봄, 북으로 간 예술인들에 대한 해금 조치가 발표된 후에도 조명암의 존재는 조명을 받지 못했다. 그러다 차츰 그의 이름과 작품이 공개되고 해금 대열에 뒤늦게 합류하여 자연스럽게 공개되며 연구되기 시작했다. 2003년에 필자도 해방 이후 최초로 『조명암시전집』(선출판사)을 발간하면서 조명암의 가요시 작품과 각종 희귀 사진 자료까지 발굴, 정리하여 수록했다.

이 곡의 작곡가로 나오는 이촌인(李村人)은 그 시기 오케레코드에서 조명암과 콤비를 이뤄 남인수, 백년설의 노래를 주로 담당하던 작곡가 이봉룡의 또 다른 필명으로 추정된다. 그는 남촌인(南村人)이라는 필명도 사용한 것으로 알려졌다. 남촌인이라는 이름으로는 1943년 조명암, 백년설과 함께 〈추억의 수평선〉, 〈희망마차〉 등을 발표한 바 있다.

이봉룡은 1930년대 후반부터 이난영이 부른 〈목포는 항구다〉(1942)를 비롯하여 남인수의 〈낙화유수〉, 〈남아 일생〉 등의 히트곡을 발표했다.

경북 성주에서 출생한 가수 백년설(1914~1980)은 학창 시절부터 문학과 연극에 관심이 많았다고 한다. 1934년 우연한 기회로 데뷔한 그는 1938년 일본에서 〈유랑극단〉을 취입하며 가수로서 존재감을 드러냈고 이후 〈두견화 사랑〉, 〈마도로스 수기〉 등을 연속 유행시켰다. 대표곡은 1940년 발표된 이후 지금까지 널리 불리고 있는 〈나그네 설움〉, 〈번지 없는 주막〉 등이다. 이 밖에도 〈삼각산 손님〉, 〈고향 길 부모길〉, 〈남포불 역사〉, 〈눈물의 백년화〉, 〈산 팔자 물 팔자〉, 〈천리 정처〉, 〈아주까리 수첩〉 등 많은 히트곡이 있다.

데뷔곡 〈유랑 극단〉과 관련된 흥미로운 일화가 있다. 취입을 위해 이 곡을 받아 처음 연습을 할 때 가사는 1절만 있는 상태였다. 백년설은 자신의 문학적 재능을 활용하여 즉석에서 작사를 완성하고 연습과 취입까지 마쳤다. 그것이 가수로서 독보적인 행보를 열게 된 계기가 되었다고 한다.

백년설은 일제 말 시기의 대표적인 남자 가수였다. 비슷한 시기에 활동한 인기 가수 남인수, 김정구, 진방남의 목소리가 또랑또랑한 편이라면, 백년설은 음정을 흔들어 구수하면서도 절규하는 듯한 독창적인 호소력이 특징이다. 친근한 한국적 정서를 표현하는 구수한 느낌의 백년설 창법은 서민적 취향의 노래와 잘 어울려 절대적인 인기를 유지하게 했다. 빛이 있으면 어둠의 그림자도 드리워지게 마련. 1941년 지원병제가 실시되면서 〈혈서 지원〉, 〈아들의 혈서〉, 〈그대와 나〉 등 지원병으로 참전할 것을 독려하는 군국가요를 다수 불러 그에 대한 친일파 논란이 일었다. 백년설은 남인수, 박향림과 이 노래들을 함께 불렀는데 모두 당대 최고의 인기를 누리던 가수들이었다.

백년설은 1958년 대한가수협회를 창설하여 회장을 지냈다. 1961년에는 한국연예협회 기획분과 위원장을 맡았다가 1963년 은퇴했다. 대구에서 동료 가수 심연옥(1928~)과 재혼한 뒤 연예계 관련 활동을 전면 중단하고 1979년 미국 LA로 이민을 갔다가 1980년 미국에서 별세했다.

고향 성주에 생가가 남아 있었지만 지금은 없어지고 그 자리에 낯선 건물이 들어서 있다. "오늘도 걷는다마는 정처 없는 이 발길"로 시작되는 〈나그네 설움〉의 가사를 새긴 노래비가 성주의 성밖숲 부근과 모교인 성주중·고등학교 교정, 2곳에 건립되어 있다.

(3) 울진의 노래(윤병한 작사, 김송렬 작곡, 1957)

고우이 옛 고을은 정든 내 고장
간 곳마다 산과 들엔 고적도 많아
울창한 산림 속에 보배가 굴러
그 이름도 빛나는 울진이라네

죽변항 온누리엔 등대 불 밝고
연호정 호반에는 낚시꾼 많다
망양정 찾아갈까 월송정 갈까
관동팔경 이름 높은 울진이라네

선사라 옛 고을은 선비의 고을
격암과 해월만이 손꼽을 소냐
새 시대 새 일꾼들 자람을 보라
희망이 빗발치는 울진이라네

제목부터 울진이라는 지역명을 내세운 이 노래를 아는 사람은 그리 많지 않다. 심지어 울진 군민조차도 잘 모르는 경우가 대부분이다.

가사 첫 구절에 나오는 '고우이(古于伊)'는 울진의 옛 지명이다. 울진이라는 지역명은 삼국시대부터 우진야(于珍也), 파조(波朝), 선사(仙槎) 등으로 개칭되다가 신라 경덕왕 때부터 울진(蔚珍)이라는 명칭으로 정착되었다. '파도의 아침'이란 의미를 지닌 옛 지명 '파조'는 시적인 분위기마저 풍긴다.

가사에는 울진의 지명과 명소들이 등장하고 있다. 연호정, 망양정, 월송정 등 건물과 울진과 관련 있는 격암, 해월 등의 유명 인사들까지 등장한다.

'격암'은 울진이 배출한 학자이자 도사였던 남사고(南師古)의 아호다. 정확한 생몰 연대는 알 수 없으나 『남씨문헌록(南氏文獻錄)』에 따르면 1501년 출생하여 1571년에 사망한 것으로 되어 있다. 천문, 지리에 능통하고 도술로 신이한 행적을 자주 보였다는 그의 유적지가 왕피천 가까운 곳에 있다.

해월은 동학의 2대 교조였던 최시형의 아호다. 동학의 뿌리인 수운 최제우가 처형되자, 해월은 울진으로 거처를 옮겨 수운의 부인과 아들을 보살피면서 울진을 터전으로 포교 활동을 강화해간다.

울진은 일찍부터 여진의 침입이 잦아 국방상의 요새로서 국가의 관심이 집중된 곳이었다. 고려 말기에는 왜구의 빈번한 노략질에 견디지 못한 백성들이 흩어졌다. 이때 울진현령 어세린, 평해군수 김을권이 각기 울진 현성, 평해 읍성을 쌓아 왜구를 막고 백성을 안주시켜 산업을 융성하게 했다고 한다.

고려 초 이래 울릉도는 울진의 관할 행정 구역에 속해 있었다. 일제 침략기 항일의병투쟁이 전개되자 이 지역 주민들도 적극 동참했다. 그 와중에 1907년에는 일본군에 의해 군청이 완전히 불타는 수난을 겪기도 했다. 이후에도 일제 저항 운동은 줄기차게 이어졌다. 1919년 3·1운동 당시 3월 11일부터 13일 사이에 매화, 흥부 장날을 기해 수백 명이 모여 만세 시위운동을 전개하기도 했다.

이 고장의 대표적인 민속놀이는 농악, 연날리기, 윷놀이, 씨름 등이다.

농악놀이는 정월 보름, 이월 초하루, 삼월 삼질, 팔월 한가위 때 주로 행해진다. 놀이라기보다 온 마을 주민이 한데 어울려 떡과 술을 먹고 마시며 흥겨운 하루를 보내는, 마을 전체의 축제라고 할 수 있다. 논매기가 끝나는 8월경이면, 좋은 날을 골라 이웃 마을끼리 줄다리기와 농악 경연을 벌이기도 했다.

해안가 마을에서는 고깃배가 만선의 깃발을 휘날리면서 돌아올 때 바다 굿놀이로 어부들을 맞이하기도 했다. 그러나 근대화의 영향으로 일상생활과 밀착된 놀이로서의 농악은 차츰 사라져갔으며, 요즘은 특별한 행사 때나 경연 대회 또는 시범 행사로 그 명맥을 이어가고 있다.

내륙 지방에서는 서낭당에 마을의 수호신을 모시고 유교식 제사를 드리는 동제를 지내는 전통이 있었다. 이에 반해 해안 지방에서는 무당을 불러와 별신굿을 벌였다. 별신굿은 새마을 운동의 여파로 많이 사라졌지만, 이 고장에서는 아직도 20여 개 마을에서 별신굿을 지내고 있다.

후포면 후포리에서 열리는 풍어제는 내륙 지방의 유교식 동제와 해안 지방의 별신굿이 함께 행해진다는 점에서 주목할 만하다. 후포리에서는 정월 보름에 동제를 지내는데, 이와 별도로 3년에 한 번씩 3월경에 풍어제를 올린다. 동제의 경우, 동신(洞神)이 6군데나 모셔져 있고 매년 3회씩 제를 지내기도 한다. 여기에는 풍요로운 어업 생산에 대한 갈망과 함께 어업에 따르는

위험에서 벗어나고자 하는 심리도 반영되어 있을 것이다. 풍어
제 때에도 동제를 먼저 지낸 뒤 3일간 축제 분위기 속에서 별신
굿을 펼친다. 이 풍어제에도 풍어를 기원하는 갈망과 함께 마을
내에 잡병이 없고 모든 주민이 무사하도록 해달라는 기원이 깃
들어 있다.

장제에 따른 장례(葬禮)를 치를 때 상여꾼이 선소리를 메기
고 받아 부르는 〈상여 노래〉는 그 대사나 후렴의 내용이 이 고
장의 독특한 특징을 보여준다.

용해꾼(영여꾼)아 길 잡아라
산도꾼(상여꾼)아 발 맞춰라
너화호 너화 넘차 너화호
이 길 가면 언제 오나 다시 못 올 가시밭길
너화호 너화 넘차 너화호
북망산천 웬 말인가 황천길은 머나먼 길
너화호 너화 넘차 너화호
한 번 가신 우리 부모 다시 한 번 못 보신다
너화호 너화 넘차 너화호
살아생전 못 모신 죄 어디 가서 사죄할까
너화호 너화 넘차 너화호
북망산천 찾아가서 무덤 안고 통곡하니
너화호 너화 넘차 너화호
너 왔구나 소리 없다 누구에게 한탄하랴
너화호 너화 넘차 너화호
초로 같은 우리 인생 백발 되면 황천길에
너화호 너화 넘차 너화호
황천길이 웬 말인가 산천초목 무심하다

너화호 너화 넘차 너화호
나는 가네 나는 가네 저승길로 나는 가네
너화호 너화 넘차 너화호
너~너 너화호 너화 넘차 너화호

원망 섞인 감정을 노래한 서사적인 〈원정요(怨情謠)〉에서도
이 지역의 정서를 발견할 수 있다.

장개 가네 장개 가네 이양철이 장개 가네
모가 불바 장개 가노 서울 사람 사모관대
시굴 사람 말 안장이 울며불며 장개 가네
온달 같은 각시 없나 반달 같은 딸이 없나
샛별 같은 아들 없나 광 넓은 논이 없나
사래진 밭이 없나 달악 같은 세가 없나
모가 불바 장개 가고

　　　　　　　　　　　　　　-〈원정요〉 부분 인용

　　울진은 뛰어난 관광 자원이 많은 곳으로도 유명하다. 내륙에
는 1,000m 이상의 태백산맥 준령이 남북으로 길게 뻗어 있으
며 긴 해안선이 물 맑은 동해를 끼고 있는, 영남 동해안권의 최
북단에 위치하는 임해 관광권 지역이다. 조선 전기의 문신이자
학자인 서거정이 평해팔영(平海八詠)을 읊을 정도로 예로부터
그 정경이 뛰어난 곳이다.
　　대표적인 관광지로는 백암온천과 월송정, 성류굴, 망양정과
망양해수욕장, 불영계곡과 불영사, 덕구계곡과 덕구온천 등이
있다.

온정면 온정리 백암산 기슭에 있는 백암온천은 전국 제일의 수질을 자랑한다. 천연 알칼리성 라돈 성분을 함유한 국내 유일의 방사능 유황 온천이고, 수온은 사람 몸에 적당한 45℃를 유지하고 있다.

백암산에는 높이 40m의 백암폭포와 학풍이 드높았다는 백암사 터, 고려 시대에 축조한 석성 등이 관광객들의 발길을 불러들인다. 각양각색의 놀이 기구들이 하늘 위를 춤추고 있는 백암산 관광랜드도 많은 관광객들이 찾는 명소다. 평해읍 월송리에는 천연 보호림으로 지정된 월송정 원시림과 관동팔경의 하나로 고려 충숙왕 때 창건된 월송정이 있다.

근남면 구산리 선유산에 있는 성류굴은 천연기념물로 지정된 관광지다. 전장 472m, 최대 너비 18m 규모로 종유석, 석순, 석주 등이 발달해 있으며, 12개의 크고 작은 광장, 수심이 15m에 이르는 3개의 소(沼)로 이루어져 있는 동굴이다. 삼불상이라 불리는 제11광장과 보물섬이라 불리는 제12광장이 가장 볼 만하다.

동해 바다에 바짝 붙어 있는 근남면 산포리에 가면 관동팔경 중 으뜸으로 꼽히는 망양정에 오를 수 있다. 고려 시대에 처음 세워졌으며, 현재의 건물은 조선 세종 때에 옮겨 건축된 것이다. 망양정 아래로는 4㎞에 달하는 백사장이 장관을 이루는 망양해수욕장이 펼쳐져 있다. 왕피천이 바다로 흘러들고 있어 해수욕과 담수욕을 동시에 즐길 수 있는 해수욕장으로 유명하다.

근남면 행곡리에서 금강송면 하원리까지, 그 길이가 장장 15㎞에 이르는 불영계곡은 태산준령에서 흘러내린 맑고 푸른 옥수가 오색 바위와 어우러져 굽이굽이 절경을 보여준다. 불영계곡 남쪽에는 불영사가 있다. 경내에 10여 채의 당우가 자리 잡고 있으며 보물인 응진전을 비롯해 4점의 문화재가 있는 사찰이다.

중탄산과 나트륨이 주성분을 이루는 수온 43℃의 알칼리성 온천으로 알려진 북면 덕구리의 덕구온천은 피부병, 신경통, 빈혈증, 부인병 등에 특효가 있어 많은 사람들이 찾는다. 덕구계곡은 2km에 걸쳐 있는데 중간중간에 위치한 선녀탕, 옥류대, 무릉, 형제폭포 등의 비경이 관광객들의 탄성을 자아낸다. 계곡 주변으로 울창한 원시 수림대가 우거져 있어 1983년에 군립 공원으로 지정되었다. 이밖에도 매화면 금매리에 몽천(蒙泉)이 있어 주민들이 피서지로 애용하고 있다.

대외적으로 알려진 지역 축제로 매년 4월 후포항에서 개최되는 울진대게축제, 매년 5월 4일 개최되는 해남대천단오제, 8월경 열리는 백암온천제와 덕구온천단지의 재즈페스티벌, 10월경의 울진송이축제 등이 있다.

(4) 후포 아가씨(작사 미상, 박현우 작곡, 백순희 노래, 1969)

귀에 익은 사투리에 어여쁜 눈매
파도처럼 밀려오는 향수를 안고
철이 오면 떠나야 할 후조와 같이
못 잊을 그리움을 아쉬워하며
외로이 울고 있는 후포 아가씨

정이 들은 사투리에 한 많은 사연
붙잡아도 떠나가네 기약도 없이
철이 오면 만나려나 그리운 얼굴
못 잊을 그리움을 아쉬워하며
오늘도 기다리는 후포 아가씨

울진 '후포'의 실제 지명이 등장하는 귀한 노래다.

박현우 작곡집 옴니버스 1집에 들어 있는 작품으로 1969년에 발표된 곡이다. 당시 대중가요 제목에는 이 노래처럼 '아가씨'란 단어가 들어가는 곡이 많았다. 충주 아가씨, 강릉 아가씨, 춘천 아가씨, 용인 아가씨, 울산 아가씨, 홍콩 아가씨, 경상도 아가씨, 다방 아가씨, 꽃집 아가씨, 삼천포 아가씨, 목장 아가씨, 진도 아가씨, 헬스클럽 아가씨, 보성 아가씨, 소문난 아가씨, 아가씨야, 동백 아가씨, 무역선 아가씨, 청바지 아가씨, 흑산도 아가씨, 추자도 아가씨, 빨간 구두 아가씨, 가평 아가씨, 영암 아가씨, 치악산 아가씨, 강화 아가씨, 당진 아가씨, 해남 아가씨, 봄비 아가씨, 서천 아가씨, 대천 아가씨, 서귀포 아가씨, 고추 아가씨, 순정 아가씨, 목화 아가씨, 문경 아가씨 등 무수한 '아가씨'들이 노래 속에서 호명을 받았다. '아가씨'란 단어가 들어가면 일단 밝고 화사한 감성을 불러일으킨다는 기대감이 작용한 결과가 아닐까 싶다.

후포는 울진군의 동남부 맨 아래쪽에 위치한 지역으로, 온정면과 맞닿아 있다. 서쪽 경계에 응봉산(389m), 마룡산(407m) 등이 솟아 있는데, 이는 동쪽으로 갈수록 점차 낮아지며 동해로 이어진다. 서부 산지에서 발원한 작은 하천들이 동남으로 방향을 틀어 동해로 흘러들며, 이들 연안에 약간의 경지가 전개될 뿐 평야의 발달은 미약하다. 대부분의 거주지와 도로는 해안을 따라 분포한다.

동해에서 잡히는 광어·꽁치·대게·물가자미·오징어 등이 주요 수산물이며, 면내에 게맛살 통조림 등 해산물 가공 공장이 있다. 동해안에 인접한 등기산에는 항로를 밝혀주는 후포등대가 있으며, 신석기 시대의 돌도끼 등의 유물이 보존되어 있기도 하다. 삼척과 영덕을 잇는 국도가 면의 동부를 관통하며, 후포에서 출항하는 울릉도행 정기 여객선이 비수기에는 격일제로, 성수기에는 매일 운항된다. 후포의 행정 구역은 삼률리, 후포리, 금음리 등 3개 리로 이루어져 있다.

노랫말에 등장하는 "귀에 익은 사투리", "정이 들은 사투리"는 당연히 울진 지역의 사투리를 의미할 것이다. 울진은 강원도와 경상북도라는 대방언권의 경계 지역이고, 행정 구역상 오랫동안 강원도에 속해 있었기 때문에 중부 방언의 영향도 받았을 것이다. 그러나 울진과 삼척의 경계에 멀고 험준한 고개가 있어 주민 간 교류가 미미했을 것이므로 그 영향도 크지는 않았을 것으로 추측된다.

울진의 지역어는 경상북도 방언을 중심으로 강원도 영동 방언의 영향을 받았는데, 이러한 특성은 1970년대에 들어와 변화를 보인다. 울진과 대구 사이의 도로가 포장 정비되어 여덟 시간 정도 걸리던 내왕 시간이 세 시간쯤으로 단축된 것이 변화를 불러왔다. 생활권이 대구에 밀착되어감으로써 서서히 대구를 중심으로 한 방언 쪽으로 기울어지게 된 것이다. 예컨대 '매형'이 '자형'으로 바뀌는 경향이나 '했소?'가 '~했는교?' 혹은 '~했어예?' 따위로 바뀌는 경향을 통해 이러한 변화를 감지할 수 있다.

1절에서 철새를 굳이 '후조(候鳥)'로 쓴 까닭은 '후조'와 '후조 아가씨' 이미지를 상호 결합시키려는 작사자의 의도가 엿보인다. 하지만 이는 대중가요의 부박한 통속성을 유감없이 드러내고 있다는 점에서 결함으로 지적할 수 있다. 왜 후포 지역의 미혼 여성은 다른 지역 남성과 정이 들고 그 남성이 떠나간 뒤에도 혼자 기약 없이 기다려야만 하는가? 뚜렷한 개연성도 갖추지 못한 채, 불균형하고 부조리한 내용을 담고 있어서다.

대중가요 노랫말에 나타난 농어촌이나 도서 지역의 처녀들은 이처럼 그녀들을 농락 유린하고 떠나간 도시의 남성들을 하염없이 기다리는 표상으로 그려지고 있다. 요즘의 성 평등주의 시각에서 보면, 이 노래는 남성우월주의적 사고방식이 짙게 깔린 곡으로 비판받을 소지가 다분하다.

이 곡을 작곡한 박현우는 1942년 경북 안동 출생이다. 1967년 〈천리 먼 길〉로 데뷔, 이후 〈스잔나〉, 〈자장가〉, 〈다시 찾은 부산항〉 등의 히트곡을 발표했다.

박현우는 최근 방영된 TV 프로그램에서 '박토벤'이라는 별명으로 불리며 집중 조명을 받았다. 맞다. 작사가 이건우 등과 함께 유산슬이라는 신인 트로트 가수를 키워 〈합정역 5번 출구〉라는 곡으로 메가 히트를 기록한 장본인이 바로 그다. 유산슬은 '국민 MC'로 불리는 유재석이 프로그램 콘셉트에 따라 트로트 가수에 도전하면서 지은 예명으로, 중국 음식 명칭을 그대로 가져와 장난스럽게 지었다.

이처럼 지금도 여전히 대중적 정서에 감응하는 작품을 써내는 그이니 만큼, 그간 발표했던 작품 목록도 여느 작곡가 못지 않게 길다. 신기한 사실은 그가 발표한 곡들의 제목을 쭉 나열하다 보면 마치 한 작품의 가사를 읽는 것 같은 느낌이 든다는 사실이다. 독자 여러분도 아래 나열한 목록들을 노래하듯 흥얼거리며 쭉 읽어보기 바란다.

'미련의 블루스', '사랑이 무엇이길래', '바람에 흔들리고', '비에 젖어도', '봉선화 연정', '남남북녀', '신토불이', '큰소리 뻥뻥', '사랑의 가방을 짊어지고', '서울아 평양아', '사랑에 푹 빠졌나봐', '방배동의 밤', '그래 그래 가거라', '사랑의 사슬', '서초동

연가', '서글픈 사랑', '또 다른 인연은 갖지 않으리', '애연', '가을 타는 여자', '사랑했던 까닭에', '사랑한다면', '찾아가리다', '날 찾아주세요', '잊을 수 없는 얼굴', '청춘을 즐겁게', '그때 그 순간', '청춘무곡', '사랑하더니', '못 잊어요', '새가 될 테야', '추억의 부산항', '황혼의 제3부두', 비 나리는 선창가', '물레방아', '가지 마오', '정 주고 울 줄이야', '장미꽃 포로', '차라리 몰랐다면', '잊을 수만 있다면', '천사의 눈물', '사랑의 올가미', '놀면 뭐하니', '후포 아가씨'….

〈후포 아가씨〉의 가수 백순희는 서울 출생으로 1968년 가요계에 데뷔했다. 이 곡 외에 〈라일락 탱고〉, 〈사랑의 별〉 등을 발표했다.

(5) 울진 아리랑(김민진 작사·작곡, 김영아 노래, 2015)

금강송아 금강송아 내 님은 언제 오더냐
산허리 돌아 일백 리 길 동해를 보며 님 부르는 눈물의 금강송아
삼십 리 길 지름재 넘어 대게 사 오던 그날은 바둑이도 뛰어논다
길 떠났던 은어 떼도 다시 돌아오는데 내 님은 언제 오려나
금강송아 금강송아 내 님은 언제 오려더냐
사랑하는 우리 님과 울진에 살으리란다

금강송이 해를 넘어 송이송이 꽃은 피고 모두가 웃는 이날에
떠난 님이 그리워서 저 바다를 바라보니 뱃고동이 나 대신

우네

　길 떠났던 은어 떼도 다시 돌아오는데 내 님은 언제 오려나
　금강송아 금강송아 내 님은 언제 오더냐
　사랑하는 우리 님과 울진에 살으리란다
　금강송아 금강송아 내 님은 언제 오더냐
　사랑하는 우리 님과 울진에 살으리란다

　2015년 젊은 작곡가 김민진과 울진 출신 신인 가수 김영아의
조합으로 제작 발표된 곡이다. 다분히 지역 홍보성이 짙은 노래
인지라, 다른 지역에는 전혀 알려져 있지 않고 울진 지역의 노
래교실 같은 데서 많이 불린다고 한다.

　김영아는 2011년 〈그대만 사랑해요〉로 데뷔했는데, 힘 있는
가창력과 시원스러운 성격으로 지역민의 사랑을 듬뿍 받고 있
는 가수다. 김민진은 〈노부부의 노래〉(태진아), 〈딱이야〉(성진
우), 〈지푸라기〉(한혜진), 〈외로워 외로워〉(유미) 등 다수의 인
기곡을 작곡한 현역이다.

　〈울진 아리랑〉 가사에서 가장 부각되는 단어는 단연 금강송
(金剛松)이다. 이 금강송은 울진군 소광리 금강소나무 숲길 좌
우로 울창하게 우거진 숲의 소나무를 가리킨다. 소광리는 전국
의 금강송 군락지 가운데에서도 최고로 손꼽히는 곳이다. 낙동
정맥의 깊숙한 품에 자리한 이곳은 늘씬하게 치솟은 금강송들
로 장관을 이룬다. 헌걸차게 치솟은 금강송의 자태도 볼만한 자
랑거리이지만, 그 규모 또한 다른 곳에서 찾아보기 어려울 정도
로 장대하다. 워낙 깊은 산속에 자리한 덕분에 일제와 6·25전
쟁 등 민족 수난기의 혼란 속에서 무분별하게 자행된 벌목과 훼
손도 피해 갈 수 있었다.

보호 가치가 높은 터라 1959년부터 민간의 출입을 금지했다. 금강송 군락지가 다시 모습을 드러낸 것은 2006년. 남부지방 산림청이 '금강소나무 생태경영림 에코투어'란 이름으로 일반에 개방한 것이 계기였다. 조선 왕실도 입산 금지의 뜻인 봉산(封山)으로 지정한 터라 줄곧 신비에 싸여 있던 숲이 우리 앞에 그 장엄한 모습을 드러낸 것이다.

소광리 금강송 숲을 둘러보는 길은 두 갈래로 나뉜다. 하나는 임도와 산책로를 따라 짧게 돌아보는 것이고, 다른 하나는 임도를 따라가면서 종일 금강송을 찾아다니는 방법이다. 이곳을 찾은 사람들 대부분은 두 시간이면 충분한 탐방 코스를 선택한다. 산악자전거를 타고 임도를 따라 오르며 마음껏 솔향을 즐기는 방법도 있다.

이 곡에서 울진을 대표하는 이미지라 할 만한 금강송과 민족의 노래 〈아리랑〉의 정서를 결합한 방법 또한 절묘한 선택으로 판단된다.

2. 영덕의 노래

(1) 외나무다리(반야월 작사, 이인권 작곡, 최무룡 노래, 1962)

복사꽃 능금꽃이 피는 내 고향
만나면 즐거웠던 외나무다리
그리운 내 사랑아 지금은 어디
새파란 가슴속에 간직한 꿈을

못 잊을 세월 속에 날려 보내리

어여쁜 눈썹달이 뜨는 내 고향
둘이서 속삭이던 외나무다리
헤어진 그날 밤아 추억은 어디
싸늘한 별빛 속에 숨은 그 님을
괴로운 세월 속에 어이 잊으리

이 노래는 동명의 영화 〈외나무다리〉의 주제가로 유명하다.

1962년 영화 〈외나무다리〉가 개봉되었다. 강대진 감독이 메
가폰을 잡았고, 당대 최고의 스타 배우 최무룡과 김지미가 콤비
로 출연한 것으로 주목을 끌었다. 이외의 출연진에도 김승호,
엄앵란, 황정순, 최남현, 김동원, 방수일, 허장강, 한미나 등 당
시 스크린을 주름잡던 배우들이 포진해 있다.

60년대 당시의 분위기를 반영하듯 영화의 줄거리는 계몽적
인 색채가 강하다.

두메산골에서 자라난 한 청년(최무룡 분)이 주인공이다. 고
학으로 의과대학을 졸업한 청년은 고향으로 돌아간다. 도시에
서의 성공을 뒤로하고 고향을 위해 살아가기로 결심한 것이다.
하지만 아무리 의사라 할지라도 경제적인 뒷받침 없이는 소기
의 목적을 달성할 수 없다. 주인공은 의료 활동을 위한 자금 마
련에 나선다. 주인공에게는 사랑하는 여자가 있었고 그녀의 아
버지는 청년의 은사이기도 하다. 오래전부터 청년을 신뢰하고
응원해온 애인의 부친 윤 박사가 조력자로 등장한다. 윤 박사의
도움으로 의료 기구와 의약품을 확보하게 된 청년과 애인은 외
나무다리를 건너 두메산골인 고향으로 가기로 약속한다. 하지
만 두 사람 앞을 막아서는 자가 있었으니, 당시 악역 전문 배우

로 주가를 날리던 허장강이 연기한 그 인물의 간계로 두 사람은 결국 약속 장소인 외나무다리에서 만나지 못한다. 두 사람의 꿈과 사랑의 드라마는 결국 애인이 가톨릭 수녀가 되는 것으로 비극적 운명을 맞는다. 두 주인공이 오래전부터 사랑을 키워온 '외나무다리'는 주인공의 운명을 따라 비극적 사랑의 장소이자 그리움의 공간으로 남게 된 것이다.

영화 주제곡 〈외나무다리〉는 사랑을 잃고 그리워하는 화자의 심리를 절절하게 담아냄으로써 영화 못지않게 인기를 끌었다.

2010년 영덕군 영덕읍 삼각주공원에 〈외나무다리〉 노래비가 건립되었다. 노래비 제막식이 있던 날, 아흔 넘은 작사가 반야월 선생이 멀리서 직접 참석하여 행사의 의미를 더해주었다. 복사꽃 피는 계절인 봄날, 포항에서 청하를 지나 영덕 쪽으로 가다 보면 길가 과수원이 온통 복사꽃으로 만발해 있는 광경을 쉽게 볼 수 있다. 복사꽃 지고 여름이 한창 무르익어갈 무렵 해안 도로를 달리면 길가 도로변에는 잘 익은 복숭아를 판매하는 상점들이 줄지어 선다.

반야월(1917~2012)은 가수 겸 작사가로 활동한 음악인이었다. 1938년 각 레코드 회사들이 신인 발굴을 위해 경쟁적으로 열었던 콩쿠르 중 경북 김천에서 열렸던 태평레코드 전국가요콩쿠르에서 입상하여 가수로 데뷔했다. 1940년 '진방남'이라는 예명으로 발표한 〈불효자는 웁니다〉로 일약 유명 가수 반열에 올랐다. 해방 전 태평레코드의 전속 가수로 활동했던 그는 노래보다 작사에 더 소질을 보였다고 한다. 이후 그가 작사가로 전업하게 된 결정적인 이유다.

해방 직후에는 남대문악극단을 조직하여 〈산홍아 너만 가고〉, 〈마도로스 박〉 등의 악극을 제작했으며 1948년 서울중앙방송국(지금의 KBS 라디오 방송국)에 방송극 「허생전」으로 입선하기도 했다.

이후 작사가로서의 활동에 주력했는데, 발표곡이 무려 4,500여 곡(미발표곡 2,000여 곡 포함)에 이른다. 한국의 역대 작사가들 중 가장 많은 작품 수를 남긴 것이다. 그런 만큼 작품의 소재가 다양하고 활동 폭도 넓다.

1964년 도쿄올림픽 때 발생한 '신금단 부녀 사건'을 보고 〈동경에 뿌린 눈물〉이라는 노래를 만들기도 했다. 1956년 레코드작가협회를 창립하는 데 주도적으로 참여했다. 5·16군사쿠데타가 일어나고 작가협회가 해산되자 그 뒤를 이어 결성된 가요반세기 작가동지회에 참여하여 제3대 회장직을 맡기도 했다. 1964년에는 음악저작권협회 설립에 발기인으로 참여했고, 한국가요작가동지회 회장을 맡기도 했다. 1976년 회갑을 맞은 그는 기념으로 '반야월가요상'을 제정, 후배 양성에도 기여했다.

반야월이 남긴 4,500여 곡의 가요 중 대표곡인 명곡들을 꼽는다면 〈산장의 여인〉, 〈울고 넘는 박달재〉, 〈단장의 미아리고개〉, 〈산유화〉 등을 들 수 있다. 그가 가수로 활동하며 직접 부른 곡들 중 〈불효자는 웁니다〉, 〈꽃마차〉, 〈넋두리 20년〉 등도 명곡들로 손꼽힌다.

1919년 함경북도 청진에서 출생한 작곡가 이인권(1919~1973)의 본명은 임영일이다. 그도 반야월처럼 가수로서 대중음악계에 첫 발을 내딛었다. 오케레코드의 그랜드 쇼단이 청진에서 공연 중일 때가 그의 출발점이다. 이인권이 공연 현장으로 이철과 박시춘을 찾아가 가수가 되고 싶은 희망을 밝혔다고 한다.

마침 몸이 불편했던 가수 남인수의 대역으로 무대에 올랐는데, 이때 가수 소개 멘트가 '청진의 남인수'였다는 재미있는 에피소드도 함께 전해지고 있다.

이후 본격적으로 이인권의 가수 활동이 펼쳐진다. 정식 데뷔곡은 박시춘 작곡의 〈눈물의 춘정〉으로 알려져 있다. 이 노래를 발표한 1938년부터 이인권이라는 예명으로 활동했으며, 초기에는 오케레코드와 빅타레코드 2곳에서 활동하다가 곧 오케레코드 전속으로 확정되었다.

오케레코드에서 여러 히트곡을 냈는데 그중 1940년 11월에 발표한 〈꿈꾸는 백마강〉이 대표적인 명곡이다. 곡절 많은 사연이 숨어 있는 곡이기도 하다.

〈꿈꾸는 백마강〉은 가사에 백제의 멸망에 대한 내용이 담겨 있다는 이유로 조선총독부에 의해 발매 금지 조치를 당하고 만다. 이후에도 이 곡의 작사가인 조명암이 북으로 간 뒤 금지곡으로 지정되면서 빛을 볼 수 없었다.

이인권은 1945년 발표한 해방가요 〈귀국선〉을 히트시키고, 악극과 드라마, 영화음악 등 다양한 분야에서 왕성한 활동을 펼쳤다. 6·25전쟁 중에는 가수인 아내와 함께 최전방에서 위문 공연을 펼치다가 부인이 포탄에 맞아 사망하는 참사를 겪기도 했다. 그때 이인권도 대퇴부 관통상을 입었다. 이때의 아픔을 담아내면서 아내의 애달픈 영혼을 위로하는 자작곡 〈미사의 노래〉가 탄생한 배경이다. 이 노래도 가수 이인권이 직접 겪은 사연에 공감한 가요 팬들의 뜨거운 사랑을 받았다.

1950년대 이후부터 가수로서의 활동보다 작곡 분야에서의 활동이 두드러졌다. 작곡가로서도 발군의 역량을 발휘하며 많은 명곡을 남겼다. 최무룡의 〈외나무다리〉를 비롯하여 현인의 〈꿈이여 다시 한 번〉, 송민도의 〈카추샤의 노래〉, 이미자의 〈들국화〉, 조미미의 〈바다가 육지라면〉, 나훈아의 〈후회〉 등이 그가 남긴 대표적인 명곡들이다.

영화음악 분야에서 활동하며 그가 남긴 업적도 상당하다. 1955년경부터 극영화의 배경 음악을 작곡하기 시작하여 수십 편의 주제곡을 남겼다. 특히 강대진 감독의 〈어부들〉은 이인권이 작곡한 영화음악이 돋보이는 작품으로 평가된다. 이외에도 위에서 언급한 〈카추샤의 노래〉, 현인의 〈꿈이여 다시 한 번〉 등도 명곡으로 기억되는 주제가들이다. 그 뒤에도 이미자가 부른 〈살아 있는 가로수〉, 이동근의 〈고향의 모정〉, 남상규의 〈산포도 처녀〉, 조미미의 〈바다가 육지라면〉, 〈단골손님〉 등의 인기곡을 발표하며 1970년대 초반까지 활동했다. 가수 주현미가 중학생 시절 이인권에게 직접 노래 지도를 받았다는 일화를 보면, 후진 양성에도 힘을 쏟았음을 알 수 있다.

출연과 함께 주제곡 〈외나무다리〉까지 직접 부른 배우 최무룡은 1928년 경기도 파주 출생이다. 최무룡 또한 다재다능한 역량으로 다양한 분야에서 활동한 대중예술인이었다. 배우와 가수를 겸했으며 때로는 직접 메가폰을 잡고 영화를 제작하기도 했다.

개성상고를 졸업한 최무룡은 중앙대 법학과에 재학 중 연극배우로 활동하면서 제1회 전국대학연극경연대회에 참가한 작품 〈비 오는 산골〉로 인기상을 받았다. 1948년에는 KBS가 두 번째로 모집한 방송연기 연구생(성우)으로 선발되어 동기인 구민, 윤일봉 등과 함께 본격적인 연기 활동에 접어들었다. 이 무렵 최무룡은 성우로서 목소리 연기자 활동을 하면서도 연극 무대에 올라 배우로서의 발판을 다졌다.

6·25전쟁이 발발하자 부산으로 피난한 최무룡은 부산 연극

무대에서 활동하며 최남현, 전옥, 강효실 등과 각별한 인연을 맺었다. 강효실의 어머니였던 전옥은 1927년 영화 〈낙원을 찾는 무리들〉로 데뷔해 〈옥녀〉와 〈사랑을 찾아서〉에서 나운규와 공연하며 '눈물의 여왕'이라는 애칭을 얻은 중진 연기자였다.

1952년 강효실과 결혼한 최무룡은 1962년 최민수를 낳았고, 최민수가 1987년 영화 〈신의 아들〉로 데뷔하면서 3대에 걸친 영화인 패밀리가 탄생했다. 최근 최민수의 아들 최유성까지 연예인으로 활동하면서 4대에 걸친 대중연예인 가문이 되었다.

전쟁이 끝나고, 가족들과 함께 서울로 상경한 최무룡은 전옥, 강효실 등과 함께 여러 연극 및 영화에 출연한다. 영화 데뷔작은 1954년 제작된 이만흥 감독의 전쟁 영화 〈탁류〉였다. 이후 신상옥 감독의 〈젊은 그들〉(1955)에 주연으로 출연하면서부터 신상옥 영화의 단골 주연으로 활약하며 스크린을 누볐다. 최은희와 함께 신상옥 감독의 페르소나였던 셈이다. 1957년에는 김화랑 감독의 〈항구의 일야〉에서 열일곱 살 연상의 장모 전옥과 함께 애인 사이로 호흡을 맞춰 숱한 화제를 낳기도 했다. 이 영화는 사랑하던 남자로부터 버림을 받고 하룻밤 풋사랑의 허무함을 위로하며 자신의 길을 걸어가는 한 여자의 운명을 그리고 있다.

1959년 〈장마루촌의 이발사〉와 〈꿈은 사라지고〉에 출연하면서 최무룡은 일약 스타 배우로 발돋움한다. 두 작품은 먼저 KBS 드라마로 제작되어 화제가 되었던 작품들인데, 여세를 몰아 영화화된 작품도 흥행에 성공했다. 영화 상영 이후 불거진 최무룡과 김지미의 가십성 스캔들도 대중의 흥미를 유발했다. 〈장마루촌의 이발사〉에서 주인공의 동생으로 출연한 김지미와의 열애설이 불거지면서 대중이 최무룡의 혼외 스캔들에 비난의 화살을 날리기 시작한 것이다. 당시의 전통적인 결혼관을 감안하더라도, 이는 최무룡의 이미지에 치명상을 입힐 만한 사안이었다. 그럼에도 최무룡의 연예 활동은 왕성하게 이어졌다.

이후에도 〈오발탄〉(1961), 〈5인의 해병〉(1961), 〈굳세어라 금순아〉(1962), 〈돌아오지 않는 해병〉(1963), 〈빨간 마후라〉(1964), 〈남과 북〉(1965) 등 수많은 영화에서 주연으로 활동하며 대중의 지속적인 사랑과 관심을 받았다. 무려 500여 편에 이르는 영화들에 출연하며 1964년 부일영화상 남우조연상, 1964년과 1965년 청룡영화상 남우조연상 등을 수상했다.

영화 제작에도 관심이 많았던 최무룡은 1965년 감독으로 데뷔한다. 그가 감독한 〈피 어린 구월산〉은 실재했던 구월산 부대의 활약상을 기본 줄거리로 삼아, 북한군 적진에 침투하여 적을 섬멸하는 구월산 부대의 활약상에 신영균과 김지미 주연의 멜로드라마 요소를 가미한 반공영화였다. 최무룡의 야심찬 데뷔작이었지만, 구월산 부대 생존자에게서 자신의 저서를 왜곡하고 표절했다는 이유로 고소당하는 일이 발생하면서 잡음이 일었다. 이와 함께 영화는 대중의 관심에서 멀어졌고, 최무룡의 감독 데뷔는 그의 연기자로서의 명성과 달리 실패로 끝나고 말았다. 이에 굴하지 않고 최무룡은 이듬해 나운규의 일생을 다룬 전기 영화 〈나운규의 일생〉을 제작했다. 최무룡, 김지미, 엄앵란, 조미령 등 당대의 스타 배우들이 출연한 영화로 반짝 화제가 되기도 했지만, 이 영화 역시 감독의 역량을 제대로 발휘하지 못한 실패작으로 남았다. 그 뒤로 두 번째 아내 김지미의 내조를 받아 가며 제작한 영화들도 흥행에 성공하지 못했다.

그는 계속해서 〈서울은 만원이다〉(1967), 〈애수〉(1967), 〈연화〉(1967), 〈계모〉(1967), 〈정두고 가지 마〉(1968), 〈제3지대〉(1968), 〈상처〉(1969), 〈흑점〉(〈제3지대〉 속편, 1969), 〈어느 하늘 아래서〉(1969) 등 꾸준히 영화를 제작했지만 흥행에 성공한 작품은 없었다. 연이은 실패로 재산까지 탕진한 최무룡은 김지미와도 헤어지게 되었다. 숱한 화제와 이슈를 낳았던 두 사람의 관계는 1969년 그렇게 막을 내리고 말았다.

1970년 최무룡은 문희 주연의 〈지하여자대학〉(1970)을 연출한다. 학비를 벌어가며 굳세게 살아가는 여대생 캐릭터가 등장하는 멜로드라마였다. 이 작품 이후 최무룡은 비로소 영화 제작을 중단하고 다시 연기자로서 활동을 이어갔다. 그러다 변장호 감독의 〈보통 여자〉(1976)에 출연한 것을 마지막으로 미국으로 떠났다가, 5년 뒤 어머니가 별세하자 장례를 치르기 위해 귀국했다.

1981년 부산에 새로 생긴 호텔에 전속 계약을 맺고 쇼에 출연하면서 한국 생활에 적응하기 시작한 최무룡은 박호태 감독의 〈자유부인〉(1981)에 출연하며 배우 활동도 재개했다. 이즈음 최무룡은 그동안 자신이 불렀던 주제곡을 모아 음반을 발매하기도 했다.

1983년에는 다시 감독으로 나서 〈이 한 몸 돌이 되어〉를 제작했다. 6·25전쟁을 배경으로 힘들게 살아가는 한 가족의 이야기를 다룬 영화였다. 1987년에는 〈덫〉을 감독하고 제작했는데, 이 영화가 최무룡이 제작한 마지막 영화가 되었다. 주인공이 자신의 집안을 몰락하게 만든 인물에게 복수하는 스토리 라인에 재벌의 횡포와 부정 축제를 폭로하는 내용까지 담긴 영화였다.

이후 최무룡은 1988년 제13대 국회의원에 당선돼 정치인으로 거듭났다. 영화인협회 23대 위원장과 명예위원장, 1993년 한국영상자료원 2대 이사장, 영화인협회 16대에서 22대까지 부위원장 등을 역임하면서 한국영화계 발전에도 크게 기여했다. 이를 인정받아 1999년 보관문화훈장을 받았고, 제36회 대종상 영화제에서 공로상을 수상했다. 두 가지 수상 이력으로 삶의 마지막을 장식하기라도 한 듯, 최무룡은 1999년 세상을 떠났다.

(2) 영덕 아리랑(박재기 작사, 최강산 작곡, 윤사월 노래, 2005)

아름다운 추억 찾아 7번 국도 따라 가네
붉게 물든 수평선 해돋이 바라보며
밀려오는 파도에 괴로움을 실어 보낸다
칠보산 산마루 휴게소 커피 잔에 떠오르는
사랑했던 영덕 아가씨 간 곳을 몰라
영덕항 갈매기야 너는 알고 있겠지
사랑한다 전해다오 영덕항 갈매기야

아름다운 추억 찾아 7번 국도 따라가네
붉게 물든 수평선 해돋이 바라보며
밀려오는 파도에 괴로움을 실어 보낸다
칠보산 산마루 휴게소 커피 잔에 떠오르는
사랑했던 영덕 아가씨 간 곳을 몰라
강구항 갈매기야 너는 알고 있겠지
사랑한다 전해다오 강구항 갈매기야

작사가 박재기, 작곡가 최강산 콤비가 만든 영덕 테마 노래 2곡 중 한 곡이다. 다른 한 곡으로는 윤사월이 부른 〈영덕의 추억〉이 있다.

영덕을 테마로 한 곡이니만큼, 영덕의 풍광이 돋보이는 지역을 가사에 특별히 부각하고 있다. 동해안으로 이어지는 7번 국도, 영덕 앞바다에서 바라보는 일출, 칠보산 산마루 휴게소의 커피 맛, 영덕항과 강구항에 대한 관심을 환기하는 내용들로 가사를 채우고 있다.

작곡가 최강산은 가수 진성이 부른 히트곡 〈안동역에서〉를 비롯한 다수의 작품을 발표했다. 김미소가 부른 〈당신 뜻대로〉와 〈깜박 세월만〉, 윤사월의 노래 〈내 사랑 군위〉와 〈팔공산아〉, 나현이 노래한 〈그리운 님〉, 이애림의 노래 〈거제도 아가씨〉와 〈연심〉, 차민의 〈갈매기 너마저〉, 김수옥의 〈지금처럼〉, 도우성의 〈카페 연가〉, 이마음의 〈천년만년〉과 〈점이 된 사랑〉, 김민아의 〈지문〉, 이수정의 〈정 주고 마음 주고〉와 〈쌍그네〉, 최진우가 부른 〈열정〉, 〈손도장을 찍어야지〉, 〈두고두고 울어야 할 님〉, 최준원의 〈사랑할래요〉와 〈사랑이 별건가요〉, 현송이 부른 〈사람 가슴속에〉, 백신혜의 〈사금파리〉, 나현재의 〈반려자〉, 민지의 노래 〈대전은 내 사랑〉 등이 그의 대표곡들이다.

군위, 팔공산, 대전, 거제도, 안동 등 지역 홍보성 곡들이 두드러지는 활동 이력이다. 〈영덕 아리랑〉도 같은 취지에서 제작된 시리즈 중 하나로 추정된다. 노래 한 곡이 대중의 뜨거운 반응을 얻는다는 것은 참으로 어려운 일이다. 〈안동역에서〉와 같은 빅히트 곡을 빚어낸 것은 작곡가 최강산에게 다가온 특별한 행운이 아닐 수 없다.

(3) 영덕은 내 고향(김점도 작사·작곡, 송춘희 노래, 2007)

동해 바다 아침햇살 칠보산 감싸고
그림 같은 용추폭포 고래불 이십 리
영덕 대게 감칠맛은 천하에 일미

오십천변 복사꽃 무릉도원 여길세
산과 바다 어우러져 살기 좋은 곳
웃어주고 반겨주는 형제 같은 사람들
내 사랑 내 고향은 영덕이라오
정을 풀어 함께 사는 영덕이라오

억센 바람 꽃 피어 뿌리내린 해송은
항구 등대 바라보며 푸른 노래 띄우고
꿈과 사랑 피어나는 아름다운 백사장
영원토록 사랑하리 영덕 내 고향
산과 바다 어우러져 살기 좋은 곳
웃어주고 반겨주는 형제 같은 사람들
내 사랑 내 고향은 영덕이라오
정을 풀어 함께 사는 영덕이라오
정을 풀어 함께 사는 영덕이라오

가사만 봐도 영덕에 대한 사랑과 향토애가 담뿍 담긴 곡이라는 걸 알 수 있다. 송춘희가 불러서 지역민의 많은 관심을 끌었다. 칠보산, 용추폭포, 고래불 해수욕장, 오십천 등의 지역 명소를 나열하는 방식으로 노래를 제작하게 된 의도를 드러내고 있다. 곡의 구성이나 표현 양식에서부터 지역 홍보성 노래라는 사실이 두드러진다.

이 곡을 작사하고 작곡한 사람은 KBS 〈가요무대〉 자문위원을 지낸 상주 출생의 대중음악인 김점도(1935~2016)다. 군대 시절 군악대에서 활동한 김점도는 방송사의 가요 부문 자문위원을 지내면서 전국에서 들어오는 이런 지역 홍보 성격의 노래

제작 요청에 일일이 응하며 많은 곡을 제작했다.

음반 수집과 함께 저술 분야에서도 활동하며 '연주자의 교과서'라는 평판을 얻은 『우리노래대전집』을 비롯하여 『한국군가전집』, 『신민요대전집』, 『가요무대 100선집』 등을 발간했다. 유성기와 축음기로 재생하는 엄청난 분량의 SP 음반을 수집하여 한국가요사박물관을 개관하는 것이 평생의 꿈이었다고 한다. 하지만 여러 제약 요인 때문에 뜻을 이루지 못하고 그간 수집한 모든 음반은 신나라로 팔렸다. 가요사 연구에 노력한 결과물로 『박시춘작곡집』, 『유성기음반총람』, 『인천 소재 노래집』 등을 펴냈다. 그가 남긴 대표작들로 〈나 여기 살리라〉, 〈사랑하는 이여〉, 〈송두리째〉, 〈인천국제공항〉, 〈무등산 엘레지〉, 〈월미도를 아시나요〉 등을 꼽을 수 있다.

가수 송춘희(1937~)는 1966년 발표한 노래 〈수덕사의 여승〉 1곡으로 단숨에 10대 가수에 오르는 기염을 토했다. 불교적 이미지를 떠올리는 대중가요로서는 가장 대표적인 곡이자 송춘희의 대표곡이기도 하다. 지금도 중장년층에서 많이 애창되는 곡이다. 이 노래가 지속적으로 인기를 유지할 수 있었던 것은 노래 가사와 창법에 실린 애절함 덕분일 것이다. 속세에 두고 온 님을 잊지 못하고 흐느끼는 수덕사 비구니 스님의 모습이 가슴을 아리게 하는 명곡이다. 충남 예산 덕숭산 자락에 자리한 수덕사는 경북 청도의 운문사와 더불어 비구니 수행도량으로 알려진 사찰이다.

송춘희는 어려서부터 악극단 생활을 했던 것으로 알려졌다. 그녀의 나이 30대 중반에 이 노래를 발표하며 유명 가수로 떠올랐다.

〈수덕사의 여승〉이 크게 히트하자, 가요 팬들이 가수와 음성포교사를 겸하고 있던 송춘희를 기리는 노래비를 수덕사 입구 주차장에 세웠다. 그런데 이에 불만을 품은 수덕사 비구니들이 곧바로 무너뜨렸다고 한다. 노래 가사의 대중성, 통속성으로 승려들의 이미지를 훼손했다고 인식한 결과였다.

원래 기독교인이었던 송춘희는 이 노래가 히트한 뒤 불교 신자로 개종했다고 한다. 줄곧 결혼도 하지 않은 채 음성포교사의 삶을 살아온 가수 송춘희. 노래 한 곡이 누군가의 인생에 어떤 영향을 미칠 수 있는지 말해주는 사례가 아닐 수 없다.

활달하면서도 애절한 송춘희의 창법에 주목했을 대중음악인 김점도와의 개인적 친분 덕분에 〈영덕은 내 고향〉도 부르게 되었을 것이다.

(4) 대게(프리드만 노래, 2019)

어렸을 적 먹었던 영덕 대게
퇴근할 때 아버지가 사 오시던
정체 모를 차에서 파는 걸
대게인지 홍게인지 아직도 몰라
그냥 너무 맛이 있어 살을 발라
쪽쪽 빨고 게딱지도 밥도 쓱쓱
그날 하루 피곤함은 저리 가라
세상에서 제일 좋은 날이지
너무나 맛있어 행복했었어
영덕 대게 먹다 보면
너무나 맛있어 행복했었어
영덕 대게 먹다 보면

다 같이 먹다 보면 너무나 행복했어

다 같이 먹다 보면 너무나 행복했어

너무나 맛있어 행복했었어

영덕 대게 먹다 보면

너무나 맛있어 행복했었어

영덕 대게 먹다 보면

다 같이 먹다 보면 너무나 행복했어

다 같이 먹다 보면 너무나 행복했어

이 노래는 2019년 7월 프리드만(Freedman)이 발매한 디지털 앨범 《해물모듬》에 실린 곡으로 영덕의 대표적인 특산물인 대게를 주제로 하고 있다.

《해물모듬》은 제목 그대로 고등어, 새우, 낙지, 대게, 갈치, 해물파전 등 우리가 즐겨 먹는 해산물들로 풍성하게 차려진 식탁 같은 음반이다. 가수 프리드만이 앨범에 첨부한 미니 해설을 살펴보자.

프리드만의 미니 앨범 – 해물

이번 미니 앨범은 해물과 관련된 다양한 주제를 가지고 자유롭게 제작한 음원입니다.

1. 고등어 – 고등어 조리 비법을 주제로 맛 좋은 고등어를 표현한 음악입니다.

이 노래만 들으면 맛 좋은 고등어 김치찜을 먹을 수 있습니다.

2. 새우 - 새우 소금구이를 연상시키는 비주얼로 음악을 제작하였습니다.

이 노래만 들으면 맛 좋은 새우구이를 먹을 수 있습니다.

3. 낙지 - 동요 풍으로 제작하여 어린이들이 낙지 요리를 자연스럽게 알 수 있도록 하였습니다.

이 노래만 들으면 맛 좋은 낙지 요리를 먹을 수 있습니다.

4. 대게 - 대게의 추억을 그린 노래입니다.

이 노래만 들으면 맛 좋은 대게찜을 먹을 수 있습니다.

5. 갈치 - 다양한 조리법을 통한 갈치의 대중화에 힘쓴 노래입니다.

이 노래만 들으면 맛 좋은 갈치 요리를 먹을 수 있습니다.

6. 해물파전 - 비가 오면 생각나는 자연스러움을 표현한 파전 노래입니다.

이 노래만 들으면 맛 좋은 해물파전을 먹을 수 있습니다.

'먹으면서 듣는 음악, 먹고 듣는 음악'이라는 콘셉트가 유쾌하면서도 흥미롭게 다가온다.

'프리드만'이라는 예명은 스래시 메탈 밴드 '메가데스'의 리드 기타리스트로 유명한 마티 프리드먼의 이름에서 차용한 것이다. 마티 프리드먼은 2003년 이후 일본으로 건너가 현재 도쿄 신주쿠에 거주하며 활동하고 있다고 한다.

〈대게〉는 프리드만이 도시의 밤거리에서 흔히 팔고 있는 홍게인지 대게인지 모를 '영덕 대게'를 먹었던 어린 날의 기억을 떠올리며 만든 곡으로 보인다. 실제로는 홍게와 대게가 다르지만, 거리의 매점들에서는 홍게를 대게라고 속여 파는 경우가 많았다. 사람들이 대게와 홍게를 제대로 구분하지 못하는 점을 매점 상인들이 악용한 것이다. 프리드만은 그 홍게인지 대게인지 모르는 '영덕 대게'를 가족들과 함께 먹으며 느꼈던 행복감을 따뜻한 감성에 실어 노래하고 있다.

3. 포항의 노래

(1) 영일만 뱃사공(남천인 작사, 이정화 작곡, 유춘산 노래, 1958)

영산 부두에 달빛이 어린다
송도 안 갈매기야 밤새워 왜 우느냐
언니를 잃었느냐 길을 잃었나
아 구슬픈 너 울음소리
구슬픈 너 울음소리에 갈 곳 어데냐

영일만 해안에 등불이 처량타
돛 없는 조각배는 어데로 흘러가나
옛 님이 그리우냐 노를 찾더냐
아 구슬픈 뱃노래 소리
구슬픈 뱃노래 소리에 이 밤이 간다

포항을 테마로 한 곡들도 상당수 있는데, 이 곡은 가장 먼저 발표된 포항 주제곡이다.

이 곡이 세상에 나온 1950년대 후반 무렵의 포항은 어떠했을까? 이 곡에 담긴 대중가요 특유의 애련한 정서가 당시의 분위기를 보여주는 듯하다.

가사의 첫 대목에 나오는 '영산 부두'가 어디를 가리키는지는 분명치 않다. 포항에 영산이라는 지명은 없으니 말이다. '송도안'은 송도해수욕장 안쪽을 지칭하는 것으로 보인다. 달빛 비치는 부두의 밤, 갈매기 울음소리는 연이어 끼룩거리는데 그 소리가 마치 잃어버린 가족을 찾는 듯 애절한 부르짖음으로 들리는 것이다.

2절에서는 영일만 해안의 원경이 보이는 듯하다. 아련한 등불이 점점이 깜빡이는 부두, 바다 위에는 돛단배 한 척이 떠 있다.

실제로 이 노래의 시대적 배경인 1950년대 후반에는 포항 동빈 내항에 돛단배가 많이 있었으리라. 그 돛단배는 지향을 잃고 어디론가 떠서 정처 없이 흘러가는 것처럼 보인다. 멀지 않은 곳에서 노를 젓는 뱃사공의 뱃노래 소리가 들려온다. 한 편의 대중가요에 필요한 통속 정서와 구성 요소들이 빈틈없이 들어차 있다.

1923년 서울에서 출생한 가수 유춘산은 〈안개 낀 목포항〉을 부르며 데뷔했다. 〈향기 품은 군사우편〉, 〈휴전된 사나이〉, 〈평양성의 울음소리〉 등이 그가 부른 대표곡이다.

이 노래의 작사가로 기록된 남천인은 〈영일만 뱃사공〉 이외 다른 작품이나 프로필을 확인할 길이 없다.

작곡가 이정화는 〈이별의 진주〉, 〈화류백서〉 등의 대표곡을 남겼다.

〈영일만 뱃사공〉은 1960년대 중반 가수 최갑석이 다시 불렀다. 유춘산, 최갑석 2명의 가수가 각각 부른 두 가지의 음원이 있는 것이다. 나중에 나온 최갑석 음반에서는 1절의 첫 대목 '영산'이 '형산강'으로, '송도 안'이 '청도암' 또는 '송도암'으로 바뀌었다. 이는 '형산강', '송도 안'으로 각각 수정하는 게 맞을 듯하다. 현지 지명에 익숙하지 않은 외지 출신의 작사가가 잘못 쓴 것이 이후 개작할 때 또 다른 오류로 이어지는 과정을 보여준 사례다.

(2) 서러운 포항 부두(반야월 작사, 이봉룡 작곡, 박재홍 노래, 1964)

비단 물결 남실남실 손짓하는 수평선
고동 소리 울며 울며 떠나가는 그 님아
이 가슴에 솟는 눈물 무엇으로 막으리
보슬비만 흐느끼네 포항 부두 이별아

떠나가면 오지 못할 그 님인 줄 알면서
어리석은 넋두리가 무슨 소용 있느냐
구름 같은 그 사랑에 속은 것만 한인데
조각조각 날아가는 과거사는 꿈인가

포항 부두가 배경으로 등장하는 곡들 중 한 곡이다. 이처럼 포항 부두를 다룬 노래가 적지 않은데, 포항과 송도해수욕장의 명성이 영향을 미쳤을 것이다. 포항항에서 떠나는 정기 항로는 현재 포항항에서 울릉도 저동항까지 오가는 배편이 있다. 앞으로 포항항에서 일본 교토의 마이즈루항을 왕래하는 정기 항로가 개설될 거라고 한다. 현재 공사 중인 영일만항 국제 여객 부두가 완공되면 포항은 환태평양 해양 물류 중심 도시로 재도약하는 발판을 마련하게 된다.

이 곡에는 이별의 정서가 짙게 드리워져 있다. 이는 어떤 성격의 이별이었을까? 포항에서 사랑을 맺은 두 사람의 관계는 결국 파국으로 이어지고, 야멸찬 작별만이 다가왔을 뿐이다. 가사 전면에서 드러나듯 대중가요의 통속성을 그대로 반영하고 있는 작품이다. 대중가요에 등장하는 이별의 정서는 일부 특수한 정황을 제외하면 모두 표피적 성격의 감정 표현에 그치는 곡들이 대부분이다.

이 노래의 가사에서 포항을 목포, 군산 등 다른 항구로 바꿔도 무리가 없을 것 같다. 이는 이 노래에 나오는 포항에 대한 이미지가 포항만의 특성이나 정서를 대변하지 못하고 있다는 반증이다. 예술적 수준이 높은 가사를 지어온 반야월 선생의 작품이라고 보기에는 수준이 낮은 편이다. 선생이 가볍게 창작에 임한 결과가 아닐까 짐작된다. 이 노래가 별반 대중의 심금을 울리지 못했던 이유이기도 할 것이다.

반야월은 한국 가요사상 가장 많은 노래를 작사하고 가장 많은 히트곡을 낸 음악인이면서 가장 많은 노래비를 보유한 작사가로도 알려져 있다. 〈내 고향 마산항〉, 〈단장의 미아리고개〉, 〈울고 넘는 박달재〉, 〈만리포 사랑〉, 〈두메산골〉, 〈소양강 처녀〉, 〈삼천포 아가씨〉, 〈외나무다리〉 등의 노래비가 전국 곡곡에 세워져 있다.

1924년 경기도 시흥에서 태어난 가수 박재홍은 청년 시절 은행원으로 잠시 근무한 적이 있다. 어린 시절 함경남도 함흥 시로 이주해 성장한 것으로 전해진다. 가수 데뷔 이전 광복 전후에는 전기 기술자로 일하기도 했다고 한다.

해방 직후인 1947년 당시 오케레코드가 주최한 신인 콩쿠르에서 입상하여 데뷔했고, 1948년 〈눈물의 오리정〉을 옥두옥과 듀엣으로 부르기도 했다. 같은 해 〈불사른 일기장〉도 발표했다.

1949년 서울레코드가 창설되자 전속 가수로서 〈자명고 사랑〉, 〈제물포 아가씨〉, 〈마음의 사랑〉을 취입했다. 1950년 반야월이 남대문악극단을 창설하자 단원으로 활약하다가 반야월이 작사한 〈울고 넘는 박달재〉를 고려레코드에서 취입했다. 이 노래를 취입한 지 한 달 만에 6·25전쟁이 터졌고, 그는 부산으로 피난을 떠났다.

부산 피난 시절에는 쇼 무대에서 노래를 불렀고, 부산의 미도파레코드와 대구의 서라벌레코드 전속으로 있으면서 〈경상도 아가씨〉, 〈비 내리는 삼랑진〉, 〈번지 없는 항구〉 등을 취입했다. 1954년 말에는 부산의 도미도레코드 전속 가수로 〈물방아 도는 내력〉, 〈향수〉, 〈슬픈 성벽〉 등을 취입했고, 1956년경부터 신신레코드 전속으로 활동했다.

1959년 이후 아세아레코드로 옮겨 활동을 이어갔고, 1960년대에도 꾸준히 활동하며 〈유정천리〉 등의 명곡을 발표했다. 1960년대 초 오아시스 쇼단을 창설하고 단장을 역임하기도 했다. 당초 동명의 영화 주제가로 발표되었던 〈유정천리〉는 1960년 대통령 선거 당시 야당 후보였던 조병옥의 갑작스러운 타계와 관련해 대중의 자발적인 추모 개사로 화제를 모으기도 했다. 일제 말 인기 가수였던 백년설의 뒤를 잇는 구수함과 포근함이 느껴지는 서민적 대중가요로 인기를 모았고, 담백하면서도 힘 있는 창법으로 대중의 사랑을 받았다.

1970년대부터는 주로 극장 무대에서 활동했으며, 1980년대 본격적인 TV 쇼 시대가 열리면서 원로 가수로서 방송에 자주 출연하며 건재함을 드러냈다. 그러던 중 1989년 3월 21일 오랜 지병으로 인해 향년 66세를 일기로 타계했다.

(3) 영일만 아가씨(이철수 작사, 김영광 작곡, 최숙자 노래, 1964)

송도의 갈매기가 물결에 울면은
고기잡이 떠나가는 돛단배냐
영일만 아가씨가 정든 님을 보내면서
부디 부디 잘 갔다 돌아오세요
꺼져가는 수평선에 손짓을 하네

형산강 푸른 물에 노을이 짙으면
고기 싣고 돌아오는 돛단배냐
영일만 아가씨는 옷고름을 입에 물고
돌아오는 정든 님 마중한대요
달이 뜨는 백사장에 사랑이 피네

젊은 남녀의 연정을 노래하는 대중가요의 전형적 정서가 묻어나는 곡이다. 영일만 시리즈 가운데 하나로 1964년 최숙자의 구성진 목소리로 심금을 울리는 노래다.

1절은 포항의 동빈내항에서 어선이 출어하는 장면이다. 지금이야 한산하지만, 동빈내항은 출어하는 어선들로 붐볐던 곳이다. 아직 동도 트기 전의 새벽일 것이다. 현재는 어선들 모두 마력이 좋은 엔진을 장착했지만, 과거엔 어부들 모두 돛단배로 어장에 나가야 했을 터. 송도의 갈매기들이 출어를 재촉하듯 울어댄다. 선장은 여러 어부들을 고용했을 테고, 그 가운데 영일만 아가씨를 연인으로 둔 청년도 있었으리라. 영일만 아가씨가 고기잡이배를 바라보며 연인을 배웅하는 장면이 펼쳐지게 된 배경이다.

2절은 만선의 귀환을 노래한다. 청년이 타고 떠난 고깃배가 만선의 붉은 깃발을 펄럭이며 들어오고 있다. 연인을 마중하러 나온 영일만 아가씨는 옷고름을 문 채 항구에 서 있다. 뱃전에 서서 마중 나온 연인을 알아본 청년 어부의 가슴도 두근거린다.

이 곡의 배경인 동빈내항을 품고 있는 포항항은 1917년 지방항으로 지정되어 울릉도와 내륙을 연결하는 관문 역할을 수행하게 된다. 1962년 6월 개항장으로 지정된 포항항은 국제 항만으로 성장할 수 있는 기반을 구축했다. 1968년부터 포항제철소 지원항만 건설이 시작되었고, 1969년 새로 건설한 신항을 개항장에 포함시켰다. 이때부터 과거의 포항항을 '구항', 포항제철소 지원항을 '신항'으로 부르게 된다. 이때부터 '동빈내항'의 역할은 점점 축소되어 한산한 항구로 변모하게 된다.

현재 어항의 핵심 기능은 구룡포항에서, 물류 기능은 포항 신항과 영일만항에서 주로 처리한다. 소형 어선들이 경매를 하기 위해 어판장에 드나드는 한산한 항구에 불과하지만, 동빈내항은 한때 동해안의 대표적인 항구였다.

이 곡의 작사가 이철수(본명 이정구)는 서울 출생으로 〈심야의 종소리〉를 발표하며 데뷔했다. 대표곡은 〈명동 블루스〉, 〈아리조나 카우보이〉, 〈영시의 이별〉, 〈십리도 못 가요〉, 〈아가씨 선장〉, 〈연락선 타령〉, 〈마도로스 역사〉, 〈나그네 블루스〉, 〈고향마차〉, 〈보헤미안 기타〉, 〈페르샤 아가씨〉, 〈진주 남강〉, 〈마도로스 부기〉, 〈평안도 사나이〉 등이 있다.

1942년 포항에서 태어난 작곡가 김영광은 1963년 〈모래 위의 발자국〉으로 데뷔했다. 이후 〈사랑은 눈물의 씨앗〉, 〈거울도 안 보는 여자〉, 〈미안 미안해〉, 〈내 곁에 있어주〉, 〈여고시절〉, 〈못 잊어서 또 왔네〉, 〈그대 변치 않는다면〉, 〈정든 배〉, 〈마음 약해서〉, 〈그냥 갈 수 없잖아〉 등 다수의 히트곡을 발표했다.

1940년 서울에서 태어난 가수 최숙자는 〈내 고향 편지〉, 〈모녀 기타〉, 〈백마 강변〉, 〈옥색 고무신〉, 〈한강수 육백 리〉, 〈백령도 처녀〉, 〈야속한 추풍령〉, 〈백지의 연서〉, 〈그러긴가요〉, 〈나룻배 처녀〉, 〈눈물의 연평도〉, 〈개나리 처녀〉 등을 발표했으며, 2012년 미국에서 세상을 떠났다.

(4) 포항은 내 고향(반야월 작사, 손목인 작곡, 손인호 노래, 1964)

포항만 푸른 물에 갈매기 노래
흰 돛대 남실남실 님 소식인가
송도라 해수욕장 흰모래 위에
새빨간 포도주로 맺은 첫사랑

포항은 아름다운 내 고향 항구

중립산 허리 위에 꽃구름 피고
남풍이 불어 불어 큰 고기 난다
모래가 숨 쉬는 동해라 바다
어부들 북소리가 흥겨웁구나
포항은 산수 좋은 내 고향 항구

반야월 작사 손목인 작곡의 포항 주제가다. 반야월이 쓴 가사는 앞뒤 문맥의 연결이 자연스럽고 순탄하다. 의미의 비약이나 억지스러운 과장이 별반 눈에 띄지 않는다. 이 곡 역시 마찬가지다. 그러나 이 곡 〈포항은 내 고향〉에는 반야월답지 않은 실수가 발견되는데, 몇 가지 부정확한 정보 때문이다.

먼저 영일만을 '포항만'이라 표현한 점을 지적하지 않을 수 없다. '중립산'이라는 명칭도 정확하지 않은 표현이다. 포항 주변의 산 이름들을 아무리 확인해도 '중립산'이란 명칭을 찾을 수 없다. 중립산과 유사하게 발음되는 산 이름조차 없다. 어떤 근거로 이런 지명을 넣었는지 오리무중이다.

포항을 주제로 한 노래 가사라면 응당 포항의 대표적인 산 이름들 ―면봉산, 구암산, 비학산 내연산 등― 가운데서 선택해야 마땅하지 않을까? 존재하지도 않는 산 이름을 삽입하는 방식은 바람직하지 않다고 판단된다.

"큰 고기 난다"라는 표현도 적절하지 않아 보인다. 남풍이 분들 큰 고기가 어찌 날 수 있을까? '난다'의 의미가 '산출되다' 또는 '출현하다'라는 뜻이라면 얼추 통할 수 있겠지만, 그런 의미의 비약이라면 자연스럽게 읽히지 않는다. 오히려 '큰 고기 뛴다'로 바꾸는 게 어울릴 것 같다는 생각이다. 물론 필자도 포항 지역 대자연의 청정함과 아름다움을 표현하고자 한 이 곡의 취지에는 공감한다.

작곡가 손목인의 비범한 역량이 또 한 번 이 포항 테마 노래에서 발휘되고 있다는 것은 반가운 일이다. 1913년 경남 진주에서 출생한 손목인의 본명은 손득렬이다. 일제 강점기에 〈목포의 눈물〉, 〈타향살이〉 등 민족의 설움을 담긴 절창의 가요 작품들로 대중의 심사를 위무해준 작곡가이다.

서울 중동학교 시절 기독교청년회(YMCA) 회원이 되어 활동하다 음악을 접하고 음악가가 되기로 결심한 손목인은 1930년 일본으로 건너갔다. 1932년 여름 방학을 맞아 고향에 돌아와서 연주 무대에 서게 됐는데, 이를 계기로 당시 대중가요 보급에 큰 역할을 담당하던 오케레코드의 전속 작곡가가 되는 기회를 잡았다.

손목인은 1934년 신인 가수 고복수가 부른 〈타향살이〉와 〈이원애곡(梨園哀曲)〉을 발표하면서 작곡가로서의 입지를 다졌다. 고향을 떠나온 사람들의 향수가 짙게 밴 노래 〈타향살이〉는 1930년대 후반 가요계의 황금기를 열어젖힌 곡으로 일컬어진다.

고복수는 〈타향살이〉로 일약 스타 가수로 떠오른다. 손목인은 계속해서 고복수를 위해 〈사막의 한〉, 〈짝사랑〉, 〈휘파람〉, 〈꿈길 천리〉, 〈항구야 잘 있거라〉 등을 작곡했다. 이 때문에 고복수는 자신보다 연하였던 손목인을 평생 선생님으로 호칭하며 존대했다고 한다.

1935년에는 한국 가요사의 한 획을 그은 기념비적인 노래 〈목포의 눈물〉을 발표했다. 이난영의 가수 인생 최대의 히트곡이 된 이 곡은 오케레코드가 조선일보와 제휴해 전국 6대도시의 애향가 가사를 공모해서 당선작에 곡을 붙인 것이다. 레코드 판매량도 당시로서는 '메가 히트'에 해당되는 5만 장 넘는 판매고를 기록했다.

어느새 인기 작곡가로 부상한 손목인은 1936년 일본 고등 음악학교 작곡과를 졸업하고 귀국을 결심했다. 귀국한 후로는 당시 일본에서 한창 유행하던 스윙 재즈를 국내에 소개하기도 했다. 오케레코드 전속의 CMC밴드를 한국 최초의 스윙 밴드로 키워냈으며, 손안드레라는 이름으로 직접 재즈송을 녹음하기도 했다.

1940년에는 손목인악단을 조직해 중국과 일본 순회공연을 다니며 무대 공연에도 힘을 쏟았다. 8·15해방과 함께 CMC밴드를 대편성 악단으로 확대 편성해 쇼 무대를 더욱 풍성하게 빛냈으며, 1947년에는 국영 방송인 서울중앙방송국(HLKA)에 전속 음악 담당자로 입사했다.

1948년 발표한 〈아내의 노래〉는 김백희가 불러 널리 애창되었다. 이어서 한국 최초의 국민가요로 평가되는 〈자유의 종〉을 합창곡으로 만들었는데, 이 곡은 국영 방송국에서 매주 방송되었다.

6·25전쟁이 발발하자 부산으로 피난해서는 〈슈 샤인 보이〉라는 곡을 발표했다. 〈슈 사인 보이〉는 블루스에서 파생한 재즈 음악의 한 형식인 부기우기 스타일을 도입한 곡이다.

1951년에는 영화 음악 더빙을 위해 일본으로 밀입국했다가 1957년 귀국하기까지 계속 일본에 머물며 영화 주제가를 작곡했다. 귀국 후에도 〈사랑의 기로〉, 〈지옥화〉 등의 영화 음악을 작곡했고, 한국과 일본을 오가며 창작 활동을 왕성하게 전개했다.

1967년 미국으로 이주한 손목인은 샌프란시스코에 살면서 서울과 도쿄를 왕래하기도 하다가 1982년 귀국했다. 1987년 손목인음악센터를 설립한 그는 동료 음악인 길옥윤, 박시춘, 박춘석, 반야월 등과 친밀한 관계를 유지하면서 한국 음악계를 이끌었다. 한편 한국음악저작권협회와 한국가요작가협회를 설립하는 등 음악인의 권익 보호에도 앞장섰다.

도서출판 한국문화 발행인, 한중음악교류협의회장을 역임했으며, 1999년 자신이 작곡한 작품의 저작권 문제를 해결하기 위해 일본 도쿄를 방문했다가 그만 타국에서 세상을 떠났다.

1927년 평북 창성에서 출생한 가수 손인호는 한때 평북 벽동에서 잠시 유아기를 보낸 적이 있다. 그러다 수풍댐 건설로 인해 고향이 물에 잠기자 1938년 만주국 신징으로 이주했다. 해방 후 귀국한 손인호는 1946년 관서콩쿨대회에서 1등을 차지했고, 한 심사위원의 권유로 월남을 결심했다. 이어 김해송이 이끌던 KPK악단에서 가수 생활을 했고, 6·25전쟁 무렵에는 녹음 기사로 전업했다. 그러다 1954년 박시춘이 작곡한 〈나는 울었네〉, 〈숨 쉬는 거리〉 2곡을 취입하여 크게 히트시켰다.

이후 그는 신세기레코드를 거쳐 오아시스레코드에서 〈비 내리는 호남선〉을 발표했다. 〈울어라 기타줄〉, 〈사랑 찾아 칠백리〉, 〈하룻밤 풋사랑〉, 〈이별의 성당 고개〉 등을 계속 히트시켰다. 1957년 말에 도미도레코드로 이전한 그는 〈한 많은 대동강〉, 〈짝사랑〉, 〈물새야 왜 우느냐〉, 〈이별의 부산항〉, 〈청춘 등대〉, 〈향수의 블루스〉, 〈동백꽃 일기〉, 〈남원 땅에 잠들었네〉, 〈해운대 엘레지〉 등 수많은 히트곡을 쏟아냈다. 1960년대 중반까지도 〈돌아가자 남해 고향〉, 〈한 많은 명사십리〉 등을 취입하여 히트곡 릴레이를 이어갔다.

가수로 정식 데뷔하기 전 영화 녹음 기사 시절 취입했던 나

화랑 작곡의 〈함경도 사나이〉가 최초의 데뷔곡으로 뒤늦게 밝혀
진 바 있다. 1980년대 중반까지도 영화 녹음 일에 종사했으며,
2013년까지 KBS 〈가요무대〉에 올라 노래했던 그는 2016년 세
상을 떠났다.

(5) 포항 에레지(작사 미상, 이성길 작곡, 권대성 노래, 1964)

소리쳐 울었소 몸부림쳐봤소
그대 없는 바닷가에 외로이 찾아왔소
온다는 기약 없이 무정하게 가버린 그대
아 잊지 못할 님 포항 에레지

가슴을 움켜쥐고 찾아간 바닷가엔
물새만이 반겨주네 내 마음 울려주네
간다는 인사 없이 야속하게 가버린 그대
아 잊을 길 없네 포항 에레지

이 곡도 항구 도시 포항의 애련한 정서를 담아내고 있다. 항
구, 절규, 눈물, 이별, 배신, 고통, 허무, 쓸쓸함 등의 정서가 작
품 전면을 가득 채우고 있다.
에레지는 비가, 즉 슬픈 노래를 뜻하는 엘레지(elegy)의 일본
식 발음이다. 이처럼 이별, 애수, 죽음 따위와 관련된 슬픔의 정
서를 다루고 있는 노래를 흔히 엘레지라고 칭하는 경우가 많다.

〈포항 에레지〉의 작사자는 밝혀져 있지 않으며 작곡가는 이성
길이다. 1943년 경북에서 출생한 이성길의 본명은 이용광이다.

대표곡으로 〈소낙비〉, 〈그대 잊으리〉, 〈추억의 충무로〉, 〈그날까지〉, 〈쓸쓸히 가는 길〉, 〈사랑은 서글퍼〉 등이 있다. 선배 작곡가 전오승의 제자였으며, 가수 장욱조를 길러내기도 했다.

가수 권대성에 대해서는 이 노래 외에 다른 프로필 정보를 확인하지 못했다.

(6) 포항 소야곡(반야월 작사, 이인권 작곡, 이미자 노래, 1966)

비단 물결 살랑살랑 달빛 젖는 밤 부두
잠 못 드는 어린 물새 그 사연을 누가 아리
장미 같은 내 마음에 안개 같은 꿈을 안고
왜 왔던가 왜 왔던가 님을 찾아 왜 왔던가
아 달빛도 따라 우는 포항의 밤이여

고동 소리 울어 울어 배 떠나간 이 부두
님께 바친 어린 순정 이 눈물을 어이하리
요술 같은 이 세상에 연기 같은 님을 믿고
왜 왔든가 왜 왔든가 님을 찾아 왜 왔든가
아 물새도 따라 우는 포항의 밤이여

1960년대 후반, 가수 이미자가 포항을 배경으로 한 노래를 불렀다는 사실은 특기할 만한 일이다.

이 노래는 1968년 그랜드레코드에서 발매된 이미자 최신 걸작집에 수록된 곡이다. A면에 〈오해가 남긴 것〉, 〈기다리는 여

심〉, 〈포항 소야곡〉, 〈뒷골목 인사〉, 〈슬픔 40kg〉, 〈추억이 운
다〉 등 6곡이, B면에는 〈구룡포 처녀〉, 〈마도로스의 꿈〉, 〈향로
불에 태운 청춘〉, 〈얼룩진 러브레타〉, 〈상처 입은 젊은 갈대〉,
〈봄맞이 님맞이〉 등 6곡이 실렸다. 양면 합쳐 12곡 모두 영화
주제가를 많이 만든 이인권 작곡으로 제작되었다.

〈포항 소야곡〉에서 '소야곡'은 대중가요 제목으로 흔히 사용
하던 친숙한 단어다. 소야곡은 세레나데(serenade)란 이탈리아
말을 옮긴 것으로, 저녁의 노래란 의미가 담겨 있다.

(7) 구룡포 처녀(월견초 작사, 이인권 작곡, 이미자 노래,
1966)

파도치는 구룡포에 나 혼자 두고
고래잡이 가신님은 아니 오시나
징 소리 들려오면 행여나 하고
동백꽃 꺾어 들고 달려가건만
무정한 구룡포에 내 님은 없네

고래잡이 가신 길이 나를 울리는
두 번 못 올 이별일 줄 누가 알았소
동해라 구룡포에 님은 없어도
연지빛 동백꽃은 피고 지건만
님 오실 뱃길에는 파도만 치네

이미자가 부른 또 하나의 포항 테마 노래가 있었으니, 바로
이 곡 〈구룡포 처녀〉다.

가사에 등장하는 1인칭 화자의 애인은 고래잡이배를 타고 먼 바다로 떠난 어민이다. 하지만 심한 풍랑을 만난 배는 돌아오지 못했다. 기다림, 미래에 대한 희망은 물거품이 되고 말았다. 결국 쓰라린 이별, 안타까움, 적막감, 공허만 남았다. 내용상 대중가요의 전형성을 그대로 보여주는 곡임을 알 수 있다.

9마리 용이 승천했다고 해서 '구룡포'라 불리게 된 구룡포는 수산업 중심지이자 어업 전진 기지였다. 근해 어업이 발달했고, 주로 오징어, 꽁치, 대게 등의 어획고가 많다.

해안 경관이 수려한 구룡포는 관광 자원으로서도 가치가 크다. 구룡포항의 등대와 갈매기, 귀항하는 어선을 배경으로 솟아오르는 겨울철 해돋이는 보기 드문 장관으로 관광객들의 탄성을 자아낸다.

수려한 경관과 함께 피서지로 각광받는 구룡포 해수욕장은 포항에서 24km, 구룡포읍에서 1.5km쯤 떨어져 있다. 반달형으로 펼쳐진 백사장은 길이 400m에 폭은 50m에 이른다. 백사장이 피서객들의 야영지로 각광받는 이유이기도 하다. 인근 횟집에 가면 갓 잡은 싱싱한 광어, 도다리, 장어, 도미 등의 생선회도 맛볼 수 있다.

구룡포에는 일제 강점기에 일본인들이 거주하던 거리가 그대로 남아 있다. 일본인 거리는 1883년 조선과 일본이 '조일통상장정'을 체결하면서 조선으로 건너온 일본인들이 거주하던 곳이다. 가옥 몇 채만 남아 있던 곳을 포항시가 관광 자원으로 개발하기 위해 '일본인 가옥 거리'로 조성했다.

당시 요리점으로 사용되었던 '후루사토야' 가옥은 내부 형태 그대로 보존되어 찻집으로 운영 중이다. 일본의 다양한 차 문화를 경험할 수 있으며, 유카타 체험도 가능하다고 한다. 하지만 민족 정서상 우리 청소년들이 일본 의상인 유카타와 기모노를 입고 구룡포 거리를 활보하는 모습은 선뜻 받아들이기 어려운 것도 사실이다. 식민지 시절의 악몽을 떠올리는 사람이라면 반감을 느낄 게 뻔하다.

구룡포에 거주하며 시를 쓰는 이채로운 시인이 있어서 지역의 특성을 더욱 빛내준다. 바로 시집 『구룡포에서』를 발간한 권선희 시인이다.

이 시집에는 권선희 시인이 하루하루 일상을 보내고 있는 '구룡포'에 대한 애착과 지역 사랑, 온갖 일상적 에피소드들이 편편이 담겨 있다.

시집에는 "은빛다방 김양을 뜨겁게" 품고 싶은 '매월여인숙'이 등장하고, 과메기 덕장을 지키는 '덕수 씨'도 어슬렁거린다. "당사포 바다 귀퉁이"에서 기어 나오는 '빵개'가 헤엄치고, 어판장 바닥에 누워 있는 '처녀고래'도 나온다. 끊임없이 '오늘'을 기록하지만 그 모든 것이 빠르게 사라지며 '어제'가 되고 마는 구룡포에서, 시인은 10년 가까이 살며 구석구석에서 길어 올린 흑백 사진 같은 기록을 첫 시집에 그득그득 담아냈다. 지역 주민들의 삶과 내면 풍경을 이렇게 시 작품으로 정리하는 시인이 같은 지역에 살고 있다는 사실은 얼마나 향기로운 일인가.

권선희 시인의 시 「숙희 이야기」를 독자들과 함께 감상해보고자 한다. 현재 구룡포에서 길거리 횟집을 운영하고 있는 '숙희'가 주인공으로 등장한다.

구룡포발 대구행 아성여객 차장이었을 때
숙희는 한 마리 비둘기였다지요
빨간 명찰 말년 병장 숙박계 날려 쓰던 겨울 밤

싸나이 팔뚝에 머리 파묻고
처음 날개를 벌렸다지요
헐거운 여인숙 그 방을 두고
머리채 질질 반장 손에 끌려간 새벽은
세찬 바람으로 오래 울었다지요
태광호도 중심 잔뜩 부풀어 돌아오는데
아무튼 포장치고 회 뜨는 쉰 살 숙희
세꼬시 썰리듯 살아도
첫차처럼 올라탔던 싸나이는
여적 내려오지 않는다지요
명치끝에 아예 눌러붙었다지요

— 권선희의 시 「숙희 이야기」 전문

(8) 구룡포 사랑(반야월 작사, 박시춘 작곡, 조미미 노래, 1967)

동해 바다 굽도리길 임을 실은 통통선
거울 같은 초록 물에 해가 지는데
부산 가신 우리 임 왜 안 오시나
동래 울산 큰 애기와 정분이 났나
자주 고름 입에 물고 눈물 젖어 기다리는
구룡포의 아가씨

구룡포에 달이 뜰 때 눈물 맺은 첫사랑
백사장의 해당화도 곱게 피는데

오신다던 그 날짜를 잊으셨나요
통통선의 고동 소리 울릴 적마다
등댓불을 바라보고 가슴 조여 애태우는
구룡포의 아가씨

이 노래는 이미자와 조미미 두 가수가 각각 발표한 곡이다. 구룡포 앞바다와 전체 시가지를 조망할 수 있는 충혼탑 옆에 이미자, 조미미 두 가수의 합동 노래비가 세워지게 된 배경이다.

반야월이 작사한 노랫말에는 구룡포 아가씨의 애달픈 첫사랑 사연이 배경으로 깔려 있다. 구룡포 아가씨와 사랑을 맺은 청년은 부산으로 떠난 뒤로 소식이 없다. 애인의 변심과 외도를 염려하는 여인의 통속적 정서가 전개된다.

둘의 사랑은 구룡포의 달밤에 이루어졌다. 아가씨는 외지로 떠나간 청년이 현재 어디서 무슨 일을 하고 있는지 전혀 알 길이 없다. 두 사람의 관계는 소원해지고 단절되고 만 것이다. 그럼에도 구룡포 아가씨는 첫정에 대한 미련을 버리지 못하고 내내 님을 그리며 기다리고 기다린다. 과거 대중가요의 틀이 보여주는 통속적 스타일에서 벗어나지 못한 곡이다.

"자주 고름 입에 물고" 눈물짓는 구룡포 아가씨의 실루엣은 옛 가요 〈찔레꽃〉의 정서와도 매우 유사하다. 대중가요는 이러한 전형성에서 탈피해 현실의 구체성을 적극적으로 수용하게 될 때 생동감이 느껴지고 진실성이 강화된 작품으로 탈바꿈하게 될 것이다.

1913년 경남 밀양에서 태어난 작곡가 박시춘의 본명은 박순동이다. 그는 부친이 기생 양성소인 권번을 운영한 영향으로 어릴 때부터 음악과 가까이 하며 지냈다. 유랑극단에서 악기를 연주하던 그는 시에론레코드의 이서구, 박영호와의 만남을 계기로 작곡가에 입문했다.

박시춘이 1929년 트럼펫 연주자로 데뷔한 것은 의외의 사실이다. 이듬해에는 바이올린 연주자였다가 색소폰 연주자로, 그 뒤를 이어 기타 연주자로 활동하기도 했다고 한다. 박시춘의 다양한 음악적 자질과 소양을 보여주는 대목이다.

작곡가로서의 데뷔작은 〈몬테칼로의 갓난이〉, 〈어둠에 피는 꽃〉이다. 1935년 〈희망의 노래〉에 이어 〈항구의 선술집〉, 〈물방아 사랑〉을 발표하며 인기 작곡가로 발돋움했다. 특히 1938년 남인수가 불러 큰 반향을 일으킨 〈애수의 소야곡〉으로 남인수와 함께 절정의 인기를 누렸다.

박시춘이 양복 차림에 나비넥타이를 매고 기타를 연주하고, 남인수는 애절한 곡조로 노래 부르는 모습으로 기억되는 〈애수의 소야곡〉은 서민의 애환을 잘 담아낸 일제 강점기 한국 가요의 대표적인 곡으로 자리 잡았다.

이후 〈고향초〉, 〈가거라 삼팔선〉, 〈신라의 달밤〉, 〈비 내리는 고모령〉, 〈낭랑 십팔세〉, 신세영이 부른 〈전선야곡〉, 〈전우여 잘 자라〉, 〈굳세어라 금순아〉, 〈이별의 부산정거장〉, 〈럭키 서울〉 등 수많은 히트곡을 발표하며 절정의 역량을 발휘했다. 3,000여 곡의 노래와 악상을 남겼으며, 이 업적으로 '한국 가요의 뿌리이자 기둥'이 되었다는 평가를 받고 있다.

6·25전쟁 당시 해군 정훈국 소속으로 참전했으며, 제주도 모슬포에 설치된 육군 제1훈련소 군예대 대장으로 활동했다. 이 시기에 작곡한 〈삼다도 소식〉은 제주를 널리 알린 대표곡이 되기도 했다. 전쟁 직후 발표한 〈전우여 잘 자라〉는 치열했던 낙동강 전선의 전투와 국군의 북진 과정을 묘사하고 있다.

1950년대에는 영화 음악 작업을 많이 했고, 아예 영화사를 설립하고 직접 영화 제작을 하기도 했다. 그가 히트시킨 영화 주제가로는 반야월과 호흡을 맞춘 〈딸 칠형제〉, 〈남성 No.1〉, 〈유정천리〉 등이 있다.

1961년 한국연예협회가 조직될 때 초대 이사장을 맡았으며, 1982년 문화훈장을 서훈 받았다.

가수 조미미의 본명은 조미자, 1947년 전라남도 영광에서 출생했다. 목포에서 성장한 조미미는 1965년 〈떠나온 목포항〉으로 데뷔했다. 1969년 발표한 〈여자의 꿈〉이 크게 인기를 끌면서 가수로서의 입지를 다졌다.

이후 〈바다가 육지라면〉, 〈선생님〉, 〈먼 데서 오신 손님〉 등을 히트시켰다. 2000년에 재일교포 사업가인 남편과 일본으로 건너가 생활하다가, 2010년 귀국하여 〈가요무대〉에 출연하며 활동하던 중 2012년 66세를 일기로 사망했다.

(9) 포항 아가씨(이정화 작사, 박현우 작곡, 은방울자매 노래, 1968)

귀에 익은 사투리에 어여쁜 눈매에
파도처럼 밀려오는 향수를 안고
철이 오면 떠나야 할 철새와 같이
어느덧 그리움을 아쉬워하며
외로이 울고 있는 포항 아가씨
아 아 아 아

정이 들은 사투리에 한 많은 사연

붙잡아도 떠나가네 기약도 없이
철이 오면 만나질까 그리운 얼굴
어느덧 그리움을 아쉬워하며
그 이름 불러보는 포항 아가씨
아 아 아 아

이 곡 역시 전형적 대중가요의 통속적 틀과 형식에 충실하
다는 점에서 아쉬움이 남는 작품이다.

이 노래의 주인공 '포항 아가씨'는 아마도 업무차 포항에 들
른 한 남성과 정분이라도 났던 모양이다. 한순간 불길처럼 솟
아올랐던 사랑은 곧 식어버리고 남자는 왔던 길로 떠나고 만
다. 뒤에 남겨진 포항 아가씨는 이별의 아픔과 눈물에 젖어 그
리움을 삼킨다.

작사가 이정화는 1962년 경기도 파주 출생이다. 대표곡으로
〈단심가〉, 〈빈손〉, 〈행초〉, 〈아, 바람이여〉, 〈성당이 보이는
창문〉, 〈사랑은 오직 한 길〉, 〈도시의 연가〉, 〈당신 때문에〉,
〈내 마음에 밤이 오면〉, 〈햇님 달님〉 등이 있다.

이 곡을 부른 은방울자매는 듀엣으로 결성된 여성 보컬 그
룹이다. 1962년 결성되었고 펄시스터즈, 이시스터즈, 정시스
터즈, 바니걸스, 희자매 등과 함께 한국 가요사의 원조 걸그룹
으로 불리는 그룹 중 하나다.

초창기 멤버는 박애경, 김향미였으나 1981년 김향미가 미국
으로 이민한 후 새로운 멤버로 오숙남을 영입했다. 2005년 박
애경(본명 박세말)이 세상을 떠나자 남은 멤버 오숙남은 애도
의 뜻으로 활동을 접었다. 그러다 마포종점가요제 및 삼천포가

요제가 생기면서 새로운 멤버 정향숙을 영입하고 활동을 재개했다.

대표곡으로 〈마포종점〉, 〈삼천포 아가씨〉, 〈무정한 그 사람〉, 〈비 내리는 삼천포〉, 〈태화강 아가씨〉, 〈찔레꽃 남풍〉, 〈포항 아가씨〉, 〈방울 아가씨〉 등이 있다.

(10) 영일만 친구(최백호 작사·작곡·노래, 1979)

바닷가에서
오두막집을 짓고 사는
어릴 적 내 친구
푸른 파도 마시며
넓은 바다의 아침을 맞는다
누가 뭐래도
나의 친구는 바다가 고향이란다
갈매기 나래 위에
시를 적어 띄우는
젊은 날 뛰는 가슴 안고
수평선까지 달려 나가는
돛을 높이 올리자
거친 바다를 달려라
영일만 친구야

〈영일만 친구〉는 포항 테마 노래 중 지금도 가장 널리 애창되는 곡으로 손꼽힌다.

1979년 발표된 이 노래는 포항시를 대표하는 향토 노래로서의 지위를 굳건히 지키고 있다. 프로 축구팀 포항 스틸러스와 프로 야구팀 삼성라이온즈의 응원가로도 자주 불리고 있다.

가사에 등장하는 친구는 최백호의 옛 친구 홍수진이라고 알려졌다. 시를 쓰며 포항 영일만 부근에서 음악 카페를 운영하던 중 1997년 병으로 세상을 떠난 옛 친구를 위해 만든 곡이라고 할 수 있다.

이 곡은 이제 포항을 상징하는 가장 대표적인 노래로 자리 잡았다. 최백호는 2012년 포항시에 이 노래와 관련된 모든 저작권을 기증했다. 포항시의 각종 농산물과 특산물 들이 '영일만친구'라는 브랜드를 달고 나오게 된 것도 최백호의 이런 배려 덕분이다. 그의 인품을 말해주는 아름다운 일화다.

(11) 과메기 아리랑(정당돌 작사·작곡, 박야성 노래, 2014)

날 말려볼래요
날 잡숴볼래요
과메기 아라리요
영일만 앞바다 겨울이 오면
꽁치를 말리고 얼리고 말리고
사랑을 담아
아리아리 쓰리쓰리
내 이름 아나요 눈보라 이겨낸
엄동설한도 꼼짝을 못하죠
내가 과메기요 아리쓰리
날 말려볼래요
날 잡숴볼래요

과메기 아라리요
누나는 얼짱 되고
오빠는 몸짱 되고
모두 신나서 얼씨구 절씨구
촉촉한 아리쓰리
쫄깃한 아리쓰리
과메기 아리랑
고등어 좋지요 고래도 좋지요
새우도 좋고 전복도 좋지만
나는 과메기요
아리아리 쓰리쓰리
물미역 있나요 쪽파도 있고요
그럼 무엇을 망설이나요
시작합시다
아리쓰리
날 말려볼래요
날 잡쉬볼래요
과메기 아라리요
누나는 얼짱 되고 얼짱
오빠는 몸짱 되고
모두 신나서 얼씨구 절씨구
촉촉한 아리쓰리
쫄깃한 아리쓰리
과메기 아리랑
누나는 얼짱 되고
오빠는 몸짱 되고 몸짱
모두 신나서 얼씨구 절씨구

촉촉한 아리쓰리
쫄깃한 아리쓰리
과메기 아리랑
과메기 아리랑

동해안의 포항과 구룡포 일대는 지역 특산물인 과메기 생산 지역으로 유명하다.

과메기는 청어나 꽁치를 반복적으로 얼리고 녹이면서 바닷 바람에 말린 겨울철 별미다. 과메기란 말의 유래는 청어의 눈을 꼬챙이로 꿰어 말렸다는 '관목(貫目)'에서 비롯되었다고 한다. '목'은 경상북도 포항시 구룡포의 방언으로 '메기'라고 발음하므로, 관목을 '관메기'라고 불렀는데, 나중에 자음 'ㄴ'이 탈락하면서 '과메기'가 되었다는 설이다.

원래 청어로 만들었지만, 1960년대 이후 청어 생산량이 급감하자 대신 꽁치로 만들기 시작했다. 지금은 꽁치로 만든 과메기가 보편화되었으며, 청어 과메기는 고급으로 여겨진다. 통으로 말린 것은 통과메기라고 하는데, 말리기가 쉽지 않은 탓에 찾기가 어렵다. 반으로 갈라 말린 것은 편과메기라고 하며, 상대적으로 말리기가 쉽고 가격도 저렴하다.

과메기를 만들어 먹게 된 유래에 대해서는 여러 설이 있다.

재담집인 『소천소지(笑天笑地)』에 의하면, 동해안에 사는 한 선비가 한양으로 과거를 보러 가던 중 바닷가 나뭇가지에 걸려 있는 청어를 보았다. 청어는 눈이 꿰인 채 냉동 건조되어 있는 청어였다. 마침 시장기를 느꼈던 선비는 청어를 입에 넣고 씹기 시작했다. 그런데 이게 웬일인가. 눈물이 날 만큼 감동적인 맛이었다.

이 맛을 잊지 못한 선비는 집에 돌아와서도 겨울마다 청어의 눈을 꿰어 말려 먹었다. 이것이 과메기의 기원이 되었다는 이야기다.

뱃사람들이 배 안에서 먹을 반찬감으로 배의 지붕 위에 청어를 던져 놓았는데, 바닷바람에 얼고 녹기를 반복하여 저절로 과메기가 되었다는 설도 있다.

박야성이 노래한 이 곡 〈과메기 아리랑〉은 포항의 특산물이자 명물 음식인 과메기를 소재로 아리랑 곡조를 활용해서 만든 신민요 풍 대중가요이다. 과메기의 생산과 손질 과정, 과메기를 먹는 방법, 과메기로 얻을 수 있는 신체적 효과 등을 재치 있고 흥미롭게 구성했다. 과메기를 중심 화자로 설정해서 "날 말려볼래요, 날 잡숴볼래요"라고 소비자들에게 권유하는 코믹한 전개 방식이 즐거운 웃음을 자아낸다.

가수 박야성은 포항 구룡포 출생의 대중 연예인이다. 영화와 무술에 심취한 청소년기를 보냈고, 2006년 극단 은하에서 연극 〈만선〉으로 데뷔한 배우이기도 하다. 이후 한국예술종합학교 연극원과 홍익대학교 대학원 미학과에서 공부했다.

2013년에 통일부 남북회담본부에서 공익근무요원으로 복무하던 중 배호가요제에서 동상을 수상하며 가수로서도 인정을 받았다. 여러 편의 영화에도 출연했는데, 2014년 〈면접〉에서는 김 실장 역으로, 2015년 〈썸타는 콩밭〉에서는 공방 주인 역으로, 2017년 〈군함도〉에서는 오케레코드 관현악단 기타 연주자 역으로, 같은 해 영화 〈밀양〉에서는 목소리로만 출연했다. 2018년에 나온 〈실격〉에서는 미술관 대표 역으로, 2019년 〈봉오동 전투〉에서는 해철 부하 역으로 출연하며 꾸준히 필모그래피를 쌓아가고 있다.

구룡포가 배출한 연예인이 자신의 고향 명물인 과메기를 소재로 한 노래를 발표했으니, 이 또한 의미 깊은 활동이라 하겠다. 박야성은 해마다 고향에서 열리는 구룡포 과메기 축제에 반드시 단골 출연자로 무대에 오른다고 한다.

(12) 형산강(윤진환 작사·작곡, 함중아 노래, 2018)

형산강 해 넘어 노을가에
유유히 흐르는 천년 물길
기대고 싶은 형산강 밤은
오늘도 변함없이 깊어만 가고
못 믿을 세월 못 잊을 사랑
안타까운 청춘만 가네
형산아 제산아 형산강아
내 청춘은 몇 번이 더 남았을까
또 가을이 오네 너는 알겠지
천년을 휘감은 세월
형산강아 말을 해다오
형산강아 말을 해다오

길이 62km에 달하는 형산강은 울산광역시 울주군 두서면에서 발원하여 경상북도 경주시, 포항시를 지나 동해 영일만으로 흘러드는 강이다. 남한에서 동해 사면으로 흐르는 강 가운데 가장 크며 유역에 형성된 충적평야도 가장 넓다. 이 강 유역에 신라의 고도 경주가 자리하고 있으며, 하구에는 포스코(POSCO)가 위치하고 있다.

안타깝게도 이 노래를 작사, 작곡한 윤진환의 프로필은 밝혀져 있지 않다. 대표곡으로는 〈형산강〉을 비롯하여 〈세상 너머로〉, 〈인연〉 등이 있다.

가수 함중아의 본명은 함종규, 1952년 경북 포항 출생이다. 외모가 혼혈아처럼 생긴 탓으로 형과 함께 경기도 부천 펄벅재단의 소사희망원에서 성장했다. 이후 고난의 세월을 보낸 함중아는 가수의 꿈을 품고 노력하던 중, 1971년 언더그라운드 라이브 클럽 무대에 오르게 됨으로써 그렇게도 갈망하던 로커로서 첫 출발을 알렸다. 고아원 시절을 함께 보낸 혼혈아 친구들과 함께 그룹사운드 '함중아와 양키스'를 결성, 1978년 〈안개 속의 두 그림자〉로 가요계에 본격 데뷔한다.

함정필, 최동권 등과 함께한 제1회 〈MBC 대학가요제〉에서도 입상했으며, 1978년 1집 앨범을 발표했다. 이후 〈내게도 사랑이〉, 〈풍문으로 들었소〉, 〈그 사나이〉, 〈뜬소문〉, 〈카스바의 여인〉 등 다수의 히트곡을 발표하며 1980년대 초반 인기 스타가 되었다.

그가 2018년 발표한 앨범에는 〈형산강〉을 비롯하여 〈벚꽃엔딩〉, 〈그녀이기에〉, 〈부바르디아〉, 〈오늘따라〉 등 5곡이 수록되어 있다.

'음악 생활 50년!'이라는 제목을 달고 나온 앨범 소개 문구는 음악에 대한 함중아의 여전한 의욕을 나타내고 있다.

아직도 현재 진행형
이번에 신곡 형산강은 내 고향 포항의 젖줄
신라의 수도 경주를 관통하는
동해로 흐르는 가장 긴 강으로

포항 출생으로 자신의 고향 노래를 직접 부르게 된 가수 함중아의 속마음은 어떠했을지 가만히 헤아려본다. 가사에는 형산(兄山)과 제산(弟山)으로 나뉜 형제산 설화도 들어 있고, 그 산과 산 사이로 유유히 흐르는 형산강 이야기도 자리 잡고 있다.

의욕적인 활동을 이어가던 함중아는 지난 2019년에 병으로 사망했다.

(13) 호미곶 등대에서(박정하 작사·작곡·노래, 2019)

포항의 등불인 호미곶 등대에서
뱃고동 파도 소리에 어릴 적 꿈을 꾸며
뛰어놀던 그곳에서 떠나버린 내 고향
서울로 상경하여 고난과 역경으로
꿈을 이룬 수많은 날들
하지만 불치병에 죽음의 고비를
수없이 많이 넘기면서
너무나도 가슴 아프게 떠나버린 가족 생각뿐
모든 것을 다 버리고 그곳으로 돌아갑니다

(1절 반복)

포항의 등불인 호미곶 등대에서
뱃고동 파도 소리에 어릴 적 생각하며
뛰어놀던 그곳으로 다시 찾은 내 고향
고향에 돌아와서 남은 인생 헌신하며
즐겁게 살으렵니다

1908년 준공된 호미곶 등대는 우리나라 최고(最古), 최대의 근대식 등대이다.

　등대가 세워진 이곳을 '호미곶' 또는 '동외곶'이라고 하는데, 서쪽으로 영일만, 동쪽으로 동해와 만나고 있어 일명 대보등대(大甫燈臺)라고도 불린다.

　등대 높이는 26.4m로 우리나라 등대 중 가장 높으며, 둘레는 하부 24m, 상부 17m이다. 광력(光力)은 1,000촉으로 16마일 해상 밖까지 등불이 보이고 2마일 해상 밖까지 도달하는 안개 신호기가 설치되어 있다. 팔각형 모양의 등탑은 철근을 사용하지 않고 붉은 벽돌만으로 쌓아올린 구조물이다. 18세기 중반 르네상스풍의 건축물로서 장식적인 문양을 출입문에 설치하고, 창문의 위치를 층마다 다르게 하여 통풍이 잘 되고 비도 막을 수 있도록 설계되었다.

　대한제국 시기에 축조된 것을 말해주듯 각층 천장에 대한제국 황실을 표상하는 오얏꽃 문양이 조각되어 있다. 계단은 철재 주물로 108단을 설치했으며, 부속 건물로 사무실 1동, 동력실 1동, 발전실 1동, 통신실 1동, 숙사 3동이 있다. 함께 있는 국립 등대박물관은 1985년 2월 개관한 전국 최초의 등대박물관으로, 항로 표지기의 발달 과정과 해운항만 등 등대 발전사에 관한 자료 16종 710점을 전시하고 있다.

　역사적, 문화적 가치가 높아 1982년 8월 4일 경상북도 지방 문화재 제39호로 지정된 호미곶 등대는 귀중한 문화유산이다. 국내 유일의 등대 박물관은 등대의 역사적·문화적 가치와 해양의 중요성에 대해 청소년들이 학습할 수 있는 장소로도 이용되고 있다.

　등대가 자리한 곳은 아름다운 일출의 장관을 바라볼 수 있는 최적의 장소다. 한반도 지도의 호랑이 형상 꼬리 부분에서 해를 제일 먼저 맞이하는 셈이다. 그래서인지 해마다 세밑이 되면 호미곶 일출을 보려는 인파가 전국에서 몰려와 그 자체로도 장관을 이룬다.

고산자 김정호는 대동여지도를 제작하면서 이곳을 무려 7번이나 답사 측정한 뒤 한반도의 가장 동쪽임을 확인했다고 전한다. 16세기 조선 명종 때 풍수지리학자인 격암 남사고는 이곳을 우리나라 지형에서 호랑이 꼬리에 해당한다고 기술하면서 천하제일 명당으로 추어올렸다. 육당 최남선은 백두산 호랑이가 앞발로 연해주를 할퀴는 형상으로 한반도를 묘사하면서 이곳을 한반도에서 가장 빼어난 '조선십경(朝鮮十景)' 중 하나로 꼽았다.

호랑이는 꼬리의 힘으로 달리며 꼬리로 무리를 지휘한다. 호랑이 꼬리가 국운 상승과 국태민안의 상징으로 여겨지게 된 배경이다. 이를 알아차린 일제는 호미곶 중심 장소에 쇠 말뚝을 박아 조선의 정기를 끊으려는 만행을 저질렀다. 일제는 한반도를 연약한 토끼에 비유해 이곳을 토끼 꼬리로 비하해 부르기도 했다.

호미곶은 명실공히 한반도에서 가장 먼저 해가 뜨는 곳이다. 호미곶 주변 바다와 육지에 각각 오른손과 왼손의 형상을 조각한 대형 청동 조형물 '상생의 손'이 설치되어 있다. 영남대학교 미술대학 조소과 교수인 김승국 조각가의 작품이다. 호미곶을 찾는 대다수 관광객들이 바다에 잠긴 '상생의 손'을 배경으로 사진을 찍는다. 호미곶 갈매기들이 즐겨 찾는 지점이기도 하다. 조각상 손가락 끝부분에 내려앉은 갈매기들은 깃털을 다듬거나 주변을 두리번거리며 쉰다. 이 장면을 찍으려고 관광객들은 여기저기서 아우성을 지르곤 한다.

이 노래를 부른 가수 박정하는 울산 지역에서 주로 활동하고 있다. 록 발라드 음색에 잘 어울리는 목소리를 가진 가수로 평가받는다. 〈압해도〉, 〈그대 곁으로〉, 〈날개〉, 〈너라서 좋아〉, 〈울산 12경〉 등을 발표했다.

4. 울릉도 독도의 노래

(1) 울릉도 타령(유도순 작사, 김성파 작곡, 김창배 최연연 나선교 노래, 1935)

동해 바다 저 멀리 우뚝 솟은 울릉도라
불어오는 파도 소리 내 마음은 슬퍼지네
우리 님은 무정하게 어이허여 안 오시나
오늘 밤도 야속하게 등댓불만 깜박이네

동해 바다 저 멀리 우뚝 솟은 울릉도라
불어오는 파도 소리 내 마음을 울려주네
우리 님은 무정하게 어이허여 못 오시나
오늘 밤도 야속하게 찬바람만 몰아치네

동해 바다 저 멀리 우뚝 솟은 등댓불은
불어오는 파도 소리 등댓불만 깜박이네
우리 님은 무정하게 어이허여 소식 없네
오늘 밤도 쓸쓸하게 바람 소리만 들려오네

에헤야 데헤야 어절씨구 우리네 고장
좋고 좋네 살기도 좋네 음
금수강산 삼천리에 밭 가는 농부들
콧소리에 흥겨워서 음
얼씨구 좋구나 지화자 좋네
산천에 초목도 흥겨워서 음

아 청산도 절로 사랑도 절로
모두 함께 두둥실 둥실 노래 부르며 즐겨보세
너도 가세 나도 가세 우리 모두 손을 잡고
앞산 뒷산 새 동산으로 꽃맞이나 하러 가세

한국 대중음악사에는 울릉도와 독도를 배경으로 삼은 곡들이 의외로 많은데 이 곡도 그중 하나다.

1935년 1월 시에론레코드에서 제작한 이 곡은 최초의 울릉도 테마곡이라는 점에서 각별한 의미를 지닌다. 전래민요, 신민요 장르의 음반을 많이 발매하던 시에론의 230번째 음반이다. 시인으로서 가요시도 다수 발표했던 유도순이 노랫말을 지었고, 작곡은 김성파가 맡았다. 가창은 김창배, 최연연, 나선교 등 여성 가수 셋이 트리오로 불렀다.

세 여성 가수가 번갈아 가면서 부르도록 구성되었고 후반부는 함께 합창으로 엮어가는 후렴으로 여겨진다.

가사의 내용이나 특성은 단조로운 느낌이다. 울릉도의 황량한 풍경과 그로 인한 고독 따위가 열거되고 있는데, 후렴구에서 갑자기 금수강산 삼천리와 흥겨운 콧노래로 돌연히 이어진다. 전반부와의 연결이 자연스럽게 못한 느낌이다. 세 가수 중 권번 출신의 기생 가수가 섞여 있을 거라는 심증을 갖게 한다.

작사가 유도순은 1925년 『조선문단』에 「갈잎 밑에 숨은 노래」라는 시가 추천되어 등단했다. 시집 『혈흔(血痕)의 묵화(墨華)』(1926)를 간행했다.

니혼대학(日本大學) 영문과를 졸업한 뒤 4년간 신문 기자 생활을 했고, 50여 곡의 대중가요 가사를 작사하기도 했다. 〈봉자의 노래〉(채규엽), 〈먼동이 터온다〉(강홍식), 〈개나리 고개〉(강홍식), 〈처녀 총각〉(강홍식), 〈아들의 하소〉(고운봉), 〈금강산이 좋을시고〉(미스코리아), 〈조선 타령〉(강홍식), 〈가시옵소서〉(강홍식), 〈순풍에 돛을 달고〉(채규엽), 〈국경의 부두〉(고운봉) 등 많은 발표곡이 있다. 《울릉도 타령》 음반을 내는 과정에서 가수 김창배와 인연을 맺고 결혼까지 했다고 한다.

김성파는 작곡가 김교성의 또 다른 예명이다. 1914년 서울에서 출생한 김성파는 20세를 전후하여 이왕직양악대(李王職洋樂隊) 출신 연주인들에게 클라리넷을 배웠다. 1925년 무렵부터 무성 영화를 위한 배경 음악 연주 단원으로 활동했으며, 연극 막간에 들어가는 여흥의 반주 단원으로도 일했다.

1934년 시에론레코드에서 김성파란 예명으로 가수 활동을 하기도 했다. 〈내 어이할꼬〉, 〈눈물지어요〉, 〈추석 타령〉, 〈추월색〉, 〈임자 없는 나룻배〉 등이 그가 부른 곡들이다.

1936년에 신민요 풍의 〈능수버들〉을 작곡하고 선우일선의 노래로 발표하여 성공을 거뒀다. 1930년대 후반 태평레코드 전속 작곡가로서 신인가수선발대회의 심사위원으로 활약했다. 이때 가수 진방남, 백난아, 박재홍 등을 발굴했다. 1956년 대중가요 작사가들과 작곡가들 모임인 대한레코드작가협회 초대 회장에 피선되었다.

김교성의 대표작으로 〈삼수갑산〉, 〈능수버들〉, 〈마도로스

박〉, 〈사막의 애상곡〉, 〈찔레꽃〉, 〈직녀성〉, 〈자명고 사랑〉,
〈울고 넘는 박달재〉, 〈다방 아가씨〉, 〈만리포 사랑〉, 〈고향
역〉 등이 있다.

울릉도가 등장하는 초기 대중가요로 〈울릉도 타령〉 외에
남인수의 〈포구의 인사〉(1941), 백년설의 〈고향소식〉(1943),
황정자가 부른 〈약산진달래〉(1949) 등이 있다.

(2) 한 많은 울릉도(반야월 작사, 김부해 작곡, 이해연 노
래, 1962)

한 많은 울릉도에 파도만 치고
고기잡이 떠난 아빠 소식이 없네
김을 따러 가신 엄마 오시지 않고
올망졸망 어린 남매 하루 종일 기다린다
배고파 우네

(대사)
바다도 바람도 무정도 하지.
어린 우리 남매 어이하라고
해 저문 선창가에 풍랑의 거센 물결,
파도만 철썩철썩 나를 울리누나. 엄마! 아빠!

운다고 울릉도냐 눈물의 고동
어이 형제바윗돌에 파도만 치고
우리 아빠 가신 배는 소식이 없어

조개껍질 솥을 걸고 하루 종일 소꿉장난
허기져 우네

어선의 침몰로 하루아침에 가장을 잃은 한 어민 가족의 참담한 처지를 애절한 곡조와 대사로 담아낸 노래이다.

2절 구성을 취하고 있는데, 1절에서는 고기잡이를 떠난 가장이 배가 침몰하여 세상을 떠나자 어머니가 생계 때문에 울릉도 해안으로 해초를 채취하러 나간 상황을 그리고 있다. 끼니때가 되어도 돌아오지 않는 엄마를 기다리는 어린 자녀들의 애달픈 처지도 함께 그리고 있다.

2절 "운다고 울릉도냐 눈물의 고동" 대목에서는 울릉도를 '눈물'이란 어감에 빗대어 표현하고 있다. 1절과 2절 사이에 삽입된 대사 내용이 애절한 슬픔의 감정을 끌어올리는 효과를 내고 있다.

바다도 바람도 무정도 하지.
어린 우리 남매 어이하라고
해 저문 선창가에 풍랑의 거센 물결
파도만 철썩철썩 나를 울리누나. 엄마! 아빠!

노래 중에 가수가 직접 연극조의 대사를 엮어가는 방식은 일본의 엔카에서 흔히 사용되는 방식이다. 엔카 가수 미소라 히바리의 노래 〈슬픈 술〉에서도 노래 중간 세리프가 들어가서 비애 효과를 극대화한다. 다른 엔카들에서도 대사 효과를 활용하는 사례가 무척 많다.

ああ別れたあとの心のこりよ/아아! 헤어진 뒤의 미련이여.

未練なのねあの人の面影/미련인가요. 그 사람의 모습이 떠오르니

淋しさを忘れるために/허전한 마음 잊기 위하여

のんでいるのに/마시고 있지만은

酒は今夜も私を悲しくさせる/술은 오늘 밤도 나를 슬프게 하네요.

酒よどうしてどうして/술이여! 어떻게 어떻게

あの人をあきらめたらいいの/그 사람을 단념하면 좋을까요?

あきらめたらいいの/단념하면 좋을까요?

〈한 많은 울릉도〉는 대중가요로서는 드물게 섬 지역 어민들의 척박한 삶을 담아내고 있는 격조 있는 작품으로 평가할 만하다.

1960년대 대표 가수였던 이해연이 노래하고 김부해가 작곡했다.

작사가 겸 작곡가로 활동했던 김부해는 1918년 경기도 양주 출생이다. 김방아, 라희 등 또 다른 예명을 쓰기도 했다.

일제 강점기에 하나[花]가극단 색소폰 연주자로 활동하다가 해방 후 남대문악극단 창립 멤버로 참여했다. 이후 친구 조춘영 등과 함께 OMC악단에 연주자로 입단했고, 신세기레코드 문예부장으로 취임하면서 다수의 가요 작품을 작사하고 작곡했다.

김부해는 1988년 세상을 떠났다. 경기도 양주시 마전동 주내 파출소 뒷산에 김부해의 묘소와 그의 작품 〈유정천리〉가 새겨진 노래비가 세워져 있다.

이 노래를 부른 가수 이해연은 1924년 황해도 해주 출생이다. 1941년 콜럼비아레코드에서 〈백련 홍련〉을 발표하며 가요계에 데뷔했다. 흔히 그를 민요 가수라고 하지만, 사실 모든 노래를 민요풍으로 부른 것은 아니다. 음색과 창법이 유난히 구성지고, 바람에 살랑거리는 버들가지처럼 요염하다는 평을 듣기도 했다.

이해연의 대표곡이 많은데 그중 〈단장의 미아리고개〉를 첫손에 꼽을 수 있다. 1984년 언론사에서 6·25 노래에 대한 대중의 선호곡 통계를 발표한 적이 있다. 당시 1위에 선정된 곡이 바로 〈단장의 미아리고개〉였다. '민족의 노래'라고 말해도 지나치지 않다.

이 노래를 찬찬히 음미하며 들어보면 이해연의 음색과 창법이 대단한 경지에 올라서 있음을 확인하게 된다. 흐느끼듯 슬픔을 안으로 응축하면서도 기어이 조금씩 가슴의 틈을 비집고 터져 나오는 신음이 통곡처럼 절절하게 파고든다.

이해연이 〈단장의 미아리고개〉에서 슬픔의 정서를 완벽하게 승화시켜 노래할 수 있었던 배경에는 가수로서의 오랜 경험과 자질이 밑바닥에 자리 잡고 있었기 때문이다.

1940년 동일(東日)가요콩쿨대회에 출전했다가 콜럼비아레코드 전속으로 발탁이 된다. 그의 나이 17세 때의 일이다. 음악평론가 양훈(楊薰)은 1943년 5월 『조광』지에 발표한 「인기유행가수 군상」이라는 칼럼에서 이해연을 이렇게 평했다.

"짜증이 나고 가슴이 답답할 때 듣는 이해연의 노래는 울분을 해소시켜주는 효과가 있고 노래가 시원하다."

그러나 이해연의 가수 경력에는 친일이라는 오점이 짙은 어둠으로 남아 있다. 그가 가수로서 활동하던 시기는 일제 말 군국주의가 극악한 몸부림을 보이던 암흑기였다. 이런 배경도 그가 친일 가요를 숱하게 발표하게 된 결정적인 이유일 것이다.

어쩌면 이해연은 가수로서 첫 발을 내디딘 시점부터 친일 활동 경력이 예정되어 있었는지도 모른다. 일본 엔카를 번안한 곡으로 데뷔했기 때문이다.

데뷔곡 〈백련 홍련〉은 일본인 작곡가 고가 마사오(古賀政男)의 작품에 한국인 작사가 이가실(조명암의 예명)이 가사를 붙인 번안 가요다.

가사에 나오는 "행복 찾아 가자네", "사쿠라의 사나이", "꽃이 피는 아세아" 따위의 군국주의적 특성이 느껴지는 구절들이 눈에 거슬린다. 일제가 주장했던 '대동아공영권'의 이상이 반영된 흔적이다.

일본의 패전이 임박했을 무렵 이해연이 발표했던 음반 중 《아리랑 풍년》도 있다. 일제가 식량을 비롯한 온갖 물자를 공출이란 이름으로 수탈해갔던 그 모진 궁핍의 시절에 '풍년'을 노래하다니. 일제에 신음하던 한국인이라면 분노를 느낄 만한 작명이다.

광복을 맞을 때까지 이해연은 21곡의 가요 작품을 발표했다. 이 중에는 아직도 대중의 기억에 남아 있는 곡들도 있다. 〈소주(蘇州) 뱃사공〉, 〈뗏목 이천 리〉, 〈황해도 노래〉 등을 꼽을 수 있다.

〈소주 뱃사공〉 원곡에는 일제의 대륙 침략을 떠올리게 하는 구절이 들어 있다. 그래서 광복 이후 반야월이 〈제주 뱃사공〉이란 제목으로 일제를 연상시키는 대목을 수정해서 재취입하기도 했다. 이 노래는 1959년 1월 23일자 동아일보에서 선정한 '백만 인들에게 불리워진 흘러간 옛 노래-힛트 파레이드 20' 15

위로 선정될 만큼 대중의 인기를 얻은 곡이었다.

〈뗏목 이천 리〉는 뗏목을 타고 압록강을 유유히 흘러가는 듯한 실감을 그대로 전해주는 곡이다. 전통성이 묻어나는 창법으로 민족사에 깃든 슬픔을 유장하면서도 잔잔하게 풀어가고 있어 애잔한 여운마저 감도는 노래다.

〈황해도 노래〉는 이난영의 〈목포의 눈물〉처럼 황해도 출신 가수가 부르는 구성지고도 아름다운 고향 테마 노래다.

이해연은 1945년 광복과 함께 새로운 변신을 시도한다. 신민요 풍 스타일에서 활달하고 자유스러운 분위기의 재즈 풍으로 창법을 혁신한 것이다. 이 무렵 미8군 쇼 무대에서 재즈곡을 부를 때 그를 눈여겨보았던 트럼펫 연주자 김영순과의 로맨스가 이루어진다. 김영순에게 본격적으로 재즈 창법을 지도 받으며 자주 만나던 두 사람 사이에 사랑이 싹텄고 결혼까지 하게 된다.

김영순은 치과 의사 출신으로 재즈 음악에 상당한 조예를 가진 음악인이었다. 김해송과 더불어 한국 재즈의 선구자라고 할 수 있다. 베니킴이라는 예명으로 활동하며 미8군 무대에 한국인 가수들이 당당하게 출연하게 된 과정을 제도화했던 장본인이기도 하다. 한국연예연합회 이사를 지냈으며, 화양연예주식회사 단장까지 맡으면서 가수 패티김을 발굴하기도 했다. 이해연·김영순 부부의 세 자녀는 나중에 김트리오라는 이름으로 가수로 데뷔했고, 1979년 〈연안부두〉를 발표했다. 이 곡은 지금도 스포츠 경기장의 응원가로 자주 불리고 있다.

이해연은 1961년 가을 일본 국제프로덕션과 거류민단본부 초청으로 베니킴, 김치켓 등 60명의 가수들과 함께 일본 순회 공연을 다녀온다. 그러다가 1960년대 후반, 미국으로 가족 모두가 이민을 떠나게 된다.

1984년 2월, 지구레코드에서 리바이벌 음반을 발표했고, 이 음반에 〈단장의 미아리고개〉, 〈민들레꽃〉도 수록했다. 1985년 4월 24일 'KBS, 트로트 가요 시대별 베스트 10' 선정에서 1925~1960년 사이의 가요를 대상으로 집계한 결과 〈단장의 미아리고개〉는 〈눈물 젖은 두만강〉, 〈나그네 설움〉에 이어 3위에 올랐다.

백일희라는 예명으로 활동한 가수 이해주는 이해연의 동생이다. 미국 가수 페기 리를 좋아했던 백일희는 1955년 〈황혼의 엘레지〉를 불러 인기를 모았다. 한국 대중음악사에서 재즈 가수 1호로 불리기도 한다. 백일희는 작곡가 박춘석의 첫사랑이었으며 백일희라는 예명도 박춘석이 '페기 리'의 한글 발음을 따서 지었다고 한다.

미국으로 이민해 줄곧 시애틀에 거주하던 이해연은 2019년 96세로 세상을 떠났다.

(3) 울릉도 뱃사공(반야월 작사, 박시춘 작곡, 방운아 노래, 1964)

쌍돛대 남실남실 섬 아가씨 부른다
뱃길은 삼백 리 사랑길 오백 리
님을 찾아가잔다 엥여라차 배 띄워라
울릉도로 배를 띄워라
님 실러 가자 돈 실러 가자
동백꽃 피는 섬으로 북을 울려

두둥실 님 실러 가자

갈매기 너울너울 사공님을 부른다
물길은 삼백 리 달빛은 오백 리
고향 찾아가잔다 엥여라차 노 저어라
울릉도로 노를 저어라
님 실러 가자 꿈 실러 가자
등댓불 웃는 섬으로 만경창파
두둥실 님 보러 가자

이 곡의 노랫말도 섬 풍경의 표피적 감각에만 치우쳐 있다는 점에서 아쉬운 작품이다.

일단 선박이 어선인지 여객을 실어 나르는 유람선인지가 명확하지 않다. 육지에서 울릉도까지의 거리를 '삼백 리' 물길이라 말하고 있다는 점도 걸리는 구석이다. 백 리를 40km로 환산하면 삼백 리 물길은 120km에 달한다. 실제 포항에서 울릉 간 거리는 210km, 울진 후포항에서 울릉 간 거리는 159km다. 묵호항에서 울릉 도동항까지는 161km, 강릉 안목항에서 울릉 도동항까지는 178km다. 실제 거리와는 물리적인 차이가 있는 셈이다.

이 먼 바닷길을 목선에 쌍돛대를 올리고 나무로 제작된 노를 저어 운항한다는 것은 불가능에 가깝다. 현실에 천착한 가사라기보다는 상상으로 지어낸 노랫말이라고 말할 수 있다. 풍랑의 위험까지 고려하면 그 비현실성이 더욱 도드라진다. 여러 사람의 뱃사공이 교대해가며 있는 힘껏 노를 젓는다 해도 가능하지 않을 것이다. 엔진으로 작동하는 내연기관으로 항해하는 선박이 개발되기 전에는 이런 방식으로 다녔을지도 모르겠다.

울릉도와 독도를 일본으로부터 지키려 했던 어부 안용복은 노 저어 항해하는 어선을 타고 위험을 무릅쓴 채 울릉도 근해와 일본까지 운항했을 것이다. 그 운항은 그야말로 목숨을 담보로 하는 장렬한 항의였던 셈이다. 그 장렬함이 일본의 기를 압도했을 것으로 짐작된다.

가사의 개연성 부족도 지적하지 않을 수 없다. "님 실러 가자"라는 표현도 개연성이 떨어지는 대목이다. 울릉도에 연인을 두고 온 처지로 설정했다면 그런대로 개연성을 살릴 수도 있었을 것이다. "돈 실러 가자"라는 대목도 비현실성이 두드러진다. 물론 목선을 타고 울릉도 근해로 출항했다면 이 대목도 얼추 납득이 된다. 하지만 그 운항 과정에서 현실성이 보이지 않는다. 단지 낭만적인 정서를 자아내기 위한 억지스러운 치장처럼 느껴질 뿐이다.

또 울릉도를 "동백꽃 피는 섬"과 "등댓불 웃는 섬"으로 낭만화하고 있는데, 울릉도에는 동백꽃 외에도 육지에선 볼 수 없는 다양한 수종(樹種)과 식물 군락지가 존재한다. 등대는 도동의 행남등대와 태하등대 두 곳이 있는데, 둘 중 하나일 것이다.

이렇듯 반야월이 작사한 〈울릉도 뱃사공〉은 우리 대중가요의 노랫말이 지닌 결함을 그대로 노출한 곡이다. 지역적 특성을 낭만화해서 표피적 아름다움만 슬쩍 건드리고 마는, 무책임한 밑그림이었다. 이런 작품을 마구 양산하던 시절이 있었다는 점을 아프게 받아들여야 할 것이다 이런 현상 때문에 대중가요 노랫말이 언제부터인가 진실성이 결여된 비현실적 몽상으로 가득한 수준이라는 인식이 자리 잡고 말았다. 이런 점에서 볼 때 대중가요 작사에 종사해온 윗세대 선배들의 무책임한 활동은 따가운 비판을 받아 마땅하다. 관성처럼 수준 미달의 작품을 쏟아냈던 그들의 무책임한 활동이 이후 후배 작사가들에게 영향을 미치고 있기 때문이다.

〈울릉도 뱃사공〉이라는 제목으로 발표된 노래가 몇 곡 더 있는데, 하나의 틀에서 찍어낸 듯 유사하다. 〈울릉도 뱃사공〉(정두수 작사, 백영호 작곡, 남미랑 노래), 〈울릉도 뱃사공〉(김강섭 작사·작곡, 손일년 노래), 〈울릉도 뱃사공〉(작사 미상, 김성근 작곡, 최숙자 노래) 등의 '뱃사공 시리즈' 노래들이 하나같이 거의 비슷한 발상과 전개 구조에서 벗어나지 않는다.

1930년대 주요 작사가로 활동했던 조명암과 박영호의 작품에는 그래도 진실성과 역사성이 물씬 풍겨나는 뛰어난 작품들이 많았다. 그 뒤를 이어 등장한 반야월 세대에 이르러 격조 높은 노랫말의 위상과 수준이 상당히 격하되었다는 느낌을 지우지 못한다. 혼자서 너무 많은 작업량을 감당해야만 했던 제작 환경 때문일 것이다. 작사가들은 제작 요청이 들어오면 그냥 앉은 자리에서 백지에 휙 갈겨서 보냈던 시절이었다. 작사에 걸리는 시간이 불과 십 분 이내인 경우가 다반사였다고 한다.

산고를 치르지 못하고 짧은 시간에 기계처럼 찍어낸 노랫말들에서 어떤 예술적 깊이와 감각을 기대할 수 있겠는가. 반야월의 경우 평생 발표한 노랫말의 분량이 무려 5,000편도 넘는다고 한다. 그렇게 써 보낸 노랫말은 작품마다의 개성이나 변별성이 결여되어 있는 게 사실이다. 말 그대로 천편일률적이다. 이 곡 〈울릉도 뱃사공〉도 그렇게 찍어낸 노랫말 중 하나다.

이 노래의 가수 방운아는 1930년 경북 경산 출생으로 본명은 방창만이다. 6·25전쟁 직후 대구 오리엔트레코드가 주최한 신인 가수 콩쿨에서 입상하며 데뷔했다. 방운아의 원래 예명은 방태원이었다. 오리엔트레코드 설립자인 작곡가 이병주가 지어준

이름이었다.

이 레코드사에서 방태원은 〈낙방과객〉 등 6곡을 연속으로 발표했다. 하지만 이렇다 할 히트곡을 내진 못했다. 전쟁 직후의 황폐한 사회적 여건 속에서 뚜렷한 히트곡 한 곡 없는 가수의 생활은 삭막하고 힘겨웠다. 방태원은 삼랑진 출생의 가수 남백송과 우정을 나누며 새로운 성공의 길을 모색했다.

이 시기에 방태원은 작곡가 백영호와 만나게 된다. 방태원의 비범한 가창력을 알아본 백영호는 부산의 미도파레코드와 빅토리레코드에서 다수의 음반을 발표할 수 있는 기회를 주었다. 이를 발판으로 여러 히트곡이 발표되었는데, 방운아라는 예명으로 발표한 곡들이었다.

방운아의 노래는 6·25전쟁에 지치고 시달린 당시 대중들에게 따뜻한 위로와 격려를 안겨준다. 그는 자신이 발표한 곡들을 모두 악보로 옮겨 가사와 함께 보관해왔다. 그가 제작한 『취입곡집』에는 〈울릉도 뱃사공〉이 〈울릉도 사랑〉으로 표기되어 있다. 이 곡의 완성 초기에 그 제목이었던 것으로 추정된다.

필자는 지난 2010년 경산 출신 가수 방운아 선생의 노래비를 경산시 남매지공원 둑에 지역 인사들과 뜻을 합하여 건립 제막하였다. 제막식 당일에 원로 가수 남백송, 명국환 선생과 작곡가 백영호 선생의 미망인 등 150여 명이 참석하여 자리를 빛내주었다. 노래비는 가로 3m, 세로 2.5m, 폭 1.5m 규모로 방운아 선생의 흉상과 대표곡 〈마음의 자유천지〉를 담은 비석 등으로 만들어졌다.

제막식 1년 전부터 '노래비 건립추진위원회'를 구성하고 관련자료 수집, 학술세미나 등을 거쳐 노래비 본격 제작에 들어가마침내 제작 및 설치를 완료했다. 노래비의 조각은 지역 조각가인 김형태가 맡았다. 방운아의 노래에는 자신의 고향인 경산에 대한 그리움과 향수가 가사마다 새겨져 있으며 민족사적 테마와 전통, 세태 풍자, 풍물 예찬 등이 고스란히 담겨 있다.

(4) 울릉도 트위스트(황우루 작사·작곡, 이시스터즈 노래, 1966)

울렁울렁 울렁대는 가슴 안고 연락선을 타고 가면 울릉도라
뱃머리도 신이 나서 트위스트 아름다운 울릉도
붉게 피어나는 동백꽃 잎처럼 아가씨도 예쁘고
둘이 먹다가 하나 죽어도 모를 울릉도 호박엿
울렁울렁 울렁대는 처녀 가슴 오징어가 풍년이면 시집가요
육지 손님 어서 와요 트위스트 나를 데려가세요

울렁울렁 울렁대는 울릉도길 연락선도 형편없이 지쳤구나
어지러워 비틀비틀 트위스트 요게 바로 울릉도
평생 다 가도록 기차 구경 한 번 못 해보고 살아도
기차보다 좋은 비행기는 구경 실컷 하고 살아요
싱글벙글 싱글벙글 처녀 총각 영감 마님 어서 와요
춤을 춰요 오징어도 대풍일세 트위스트 사랑을 합시다

'환상의 섬'이라고도 불리는 울릉도의 아름다운 경관을 유쾌한 가사와 경쾌한 트위스트 리듬으로 풀어낸 이 노래는 1966년에 발표되었다. 이 곡은 울릉도 테마곡들 중 단연 돋보이는 히트를 기록한 가요 작품이라 할 수 있다. 울릉군의 독특한 풍물들을 배경으로 설정하여 울릉도의 환경과 생태, 특산물은 물론

교통의 불편함까지, 울릉도에서 느낄 수 있는 다양한 정취를 담뿍 담아냈다. 코믹한 가사와 경쾌한 트위스트 풍 곡조가 부르는 사람은 물론 듣는 이에게도 유쾌함과 상쾌함을 안겨주는 이시스터즈의 대표곡이다.

1절에서는 울릉도와 포항을 오가던 과거의 정기 배편인 청룡호 탑승 경험을 실감 나게 다루고 있다. 밤에 출발하면 아침에 도착하던 당시의 정황이 담겨 있다. 특히 울릉도의 지명을 뱃멀미 느낌이 묻어나는 '울렁'이란 단어에 대비시켜 흥겨운 리듬감으로 유쾌한 즐거움을 유발하고 있는 점이 돋보인다. 동백꽃, 호박엿, 오징어 등의 지역 특산물을 줄줄이 환기함으로써 울릉도에 대한 호기심을 자극하려는 의도가 엿보이는 대목이다.

울릉도를 배경으로 한 노래 가운데 이 곡만큼 대중에 널리 알려진 작품도 드물다. 그만큼 울릉군을 상징적으로 대표하는 노래이며 홍보 효과도 또한 뛰어난 편이다. 가사의 내용에도 과장이나 비현실적인 요소를 거의 찾을 수 없으며, 코믹한 분위기와 경쾌한 리듬감을 잘 살려냈다는 평가를 받고 있다.

"울렁울렁 울렁대는 가슴 안고~ 연락선을 타고 가면 울릉도라~"로 시작하는 첫 소절부터 울렁대는 가슴으로 연락선을 타고 여행하는 듯 들뜬 기분을 부풀리게 한다. 이런 특징 때문에 등번호 51번을 달고 뛰는 기아 타이거즈 김원섭 선수의 응원가로도 쓰였다. 노래방에서 분위기를 띄울 때 자주 선곡되는 노래이기도 하다.

노래에 등장하는 연락선은 과거 포항과 울릉도를 왕복하던 여객선 '청룡호'를 가리킨다. 최고 속도가 10kn(노트)인 이 배는 포항과 울릉도를 다니는 데 꼬박 열 시간이 걸렸다. 저녁에 포항을 출발하면 다음날 새벽에야 도동항에 도착했다. 그럼에도 1970년대 고속여객선이 등장하기 전까지 육지와 울릉도를 연결해주는 유일한 선박으로 역할을 다했다.

노래의 서두는 처음 가보는 울릉도 여행에 대한 기대와 설렘, 두근거림으로 시작된다. 긴 시간 배에서 인내하며 10여 시간이나 가노라면, 다음날 새벽에 이르러서야 울릉도 도동항에 입항한다는 뱃고동이 울린다. 저만치에서 도동항이 아련히 시야에 들어올 때쯤 그 시각에 맞춰 선내에는 어김없이 확성기를 통해 〈울릉도 트위스트〉가 흘러나온다. 오래전부터 울릉도 여행에서 빠질 수 없는 곡이었던 셈이다.

이 노래의 작사가 겸 작곡가 황우루는 1941년 포항 출생으로 본명은 황갑성이다. 작곡가 김영광과 포항중고 동기생으로 알려져 있다. 그는 영광과 감격, 좌절을 두루 경험한 작곡가였다. 활동 초기는 대중연예계의 기인이자 '히트 제조기'로 불릴 정도로 성공적이었다. 음반 제작 및 가수 발굴에도 남다른 감각을 발휘하며, 그가 발표하는 작품들은 거의 히트곡으로 이어졌다. 하지만 최정자를 발굴한 뒤 민요 가수로 성공을 시킨 다음 결혼까지 했으나 파경으로 결말이 나고 말았다.

이금희를 발굴해서 〈키다리 미스터 김〉을 히트시켰고, 이 시스터즈를 구성하여 〈울릉도 트위스트〉를 크게 히트시켰다. 그가 기획하고 제작한 〈화진포에서 맺은 사랑〉, 〈당신의 뜻이라면〉, 〈날씬한 아가씨끼리〉, 〈사랑을 하면 예뻐져요〉 등은 대중음악 기획 및 제작자로서의 황우루를 우뚝 빛나게 했던 곡들이다.

대표곡들을 더 추가한다면 〈인상파 미스터 김〉, 〈여군 미쓰 리〉, 〈안개 짙은 새벽 거리〉, 〈이국만리〉, 〈하루에 한 번은 싫어요〉, 〈단발머리 미스 리〉, 〈지난 가을밤〉, 〈꿀맛〉, 〈푸른 강물 돛단배〉, 〈언제나 그대만을〉 등이다. 최고의 히트곡으로 손꼽을 수 있는 작품은 부부의 연을 맺기도 했던 최정자의 노래 〈초가삼간〉이다.

1968년 발매된 『황우루 작사작곡집』에 수록된 노래들은 〈고향산천〉, 〈처녀 농군〉, 〈꽃바람〉, 〈신태평가〉, 〈아리아리 스리스리〉, 〈시월 단풍 타는 마음〉, 〈뱃고동 소리〉, 〈서귀포에 두고 온 사랑〉, 〈꼴망태 총각〉, 〈신 닐리리아〉, 〈신 옹혜야〉 등 12곡이다. 표제에서 부터 신민요 스타일의 곡조와 가수 최정자의 창법이 절묘한 배합을 이루고 있다는 것을 단박에 알아볼 수 있다. 가수 최정자와 작곡가 황우루의 위상을 크게 높여 준 기록적인 음반이었다.

동시에 진행된 두 사람의 결합과 결혼도 세간의 관심거리였다. 당시 최정자는 제대로 알려지지 않았던 여성중창단 비둘기 시스터즈, 아리랑 시스터즈 등을 전전하며 활동 중이었다. 황우루가 그녀를 발탁해 최고 가수의 지위로 끌어올린 것이다. 황우루는 최정자만의 음색과 창법에 가장 잘 어울리는 민요조 가요를 부르도록 이끌었고, 그의 판단이 적중했다. 황우루는 최정자가 지닌 청순하고도 깨끗한 이미지를 음반 재킷에 띄우며 널리 홍보했다. 최정자는 '민요계의 여왕'이란 칭호를 얻으면서 가요계의 히로인으로 부상했다.

1970년 2월 20일자 동아일보에는 가수 최정자와 부부가 된 황우루가 갓 태어난 아기 이름을 '새봄'이라 짓고, "아기가 무럭무럭 자라는 것을 보는 것이 크나큰 낙"이라고 말하는 인터뷰 기사가 실렸다. 아내와 더불어 열심히 노력해서 "장차 빌딩 하나를 구입하는 것이 목표"라고 말한 대목도 있다. 1974년 4월 2일자 동아일보에도 인터뷰 기사가 실렸는데, 이 기사에서 그는 레코드사를 운영하게 된 까닭을 "작곡만으로는 생계가 어려워 차린 부업"이라고 밝혔다.

인터뷰 기사에서 아내에 대해 언급한 내용을 찾을 수 없었는데, 어쩌면 이것이 조짐이었던 것 같다. 이 무렵에 이미 부부 사이에 금이 가기 시작했던 것으로 보인다.

이후 '전설적인 작곡가'라고 불릴 만한 황우루는 언제 어디서 세상을 떠났는지조차 알려져 있지 않다. 완전히 넋을 잃은 몰골로 여기저기 헤매다가 길거리에서 시신이 발견되었다는 설도 있지만, 확인되지 않은 소문이다. 경북 영천에 황우루의 무덤이 있다.

1944년 경기도 개성에서 태어난 최정자는 황우루와 이혼한 후 미국 이민을 떠났다. 미국 시카고 지역에서 살아온 것으로 알려진 최정자는 그간 국내에 사망 루머가 돌기도 했다. 그런데 2012년 민요 가수 최정자 '환영의 밤'이 개최된다는 국내 보도가 나온 적이 있었다. 그걸 계기로 그가 미주한인회의 크고 작은 행사에 초대받아 공연 활동을 펼쳐온 사실이 알려졌다.

(5) 동백꽃 피는 고향(남국인 작사, 백영호 작곡, 남상규 노래, 1966)

고향이 그리워서 가고 싶어서
밤 깊은 부둣가를 찾아왔건만
고동 소리 울지 않고 뱃길도 막혀
동백꽃 피는 고향 멀기만 하구나

내 고향 울릉도야 너 잘 있느냐
네 소식 알길 없어 이 밤도 운다

내 사랑도 부모님도 안녕하신지
동백꽃 피는 고향 언제 가려나

소년 시절, 필자는 남상규가 불렀던 이 노래가 구수한 저음
으로 라디오에서 울려 나오면 어찌 그리도 처연하고 애잔한 마
음이 드는지 공연히 산란한 마음을 이기지 못하고 골목과 거리
를 쏘다녔던 추억이 있다.

울릉도가 고향인 한 청년이 향수에 겨워 포항 여객선 터미널
부근을 거닐며 고향 집 부모님과 애인을 그리워하는 내용의 노
래이다. 1인칭 화자로 등장하는 주인공 청년은 고향을 떠나 육
지로 나가서 직장을 얻고 독신으로 살아가는 것으로 보인다. 무
슨 일을 하고 있을까? 아마도 막노동을 하며 근근이 살아가고
있지 않았을까, 짐작만 할 뿐이다. 1960년대 중반을 막 넘어선
시기였으니, 농경 시대에서 산업화 시대로 넘어가는 극심한 사
회 변화 속에서 살았을 것이다.

농촌과 도서 지역의 청년들은 청춘의 봄을 누리지도 못한 채
모두들 도시로 떠나야 했다. 이 노래의 화자도 이 시기에 고향
을 떠나 산업화가 한창 진행 중인 도시의 건설 현장이나 다른
노동 현장에서 밥벌이를 했을 것이다. 말하자면 한 시대의 초상
이 담겨 있는 셈이다.

깊은 밤 포항 부둣가를 홀로 헤매는 청년의 애달픈 심정이
절절하게 느껴진다. 사회상의 변화와 인간의 관계성에서 묻어
나는 정서를 담담하게 담아낸, 수준 높은 가요 작품으로 평가할
만한 곡이다. 대중가요의 통속성을 극복하는 방식의 한 모범을
보여주는 작품으로도 손색이 없다.

작사가 남국인의 본명은 남정일이며, 1942년 부산에서 태어

났다. 1959년 일제 강점기에 가수로 활동했던 강남주가 부산에서 운영하던 음악 학원에서 공부하고 있던 중 작곡가 백영호에게 발탁되었다. 가수가 되고 싶었지만 운이 따르지 않았다. 진송남, 남강수 등과 교류했으며 가수 되기를 꿈꾸었지만 뜻을 이루지는 못했다.

1968년 박일남이 부른 〈마음은 서러워도〉를 작곡했으며, 1969년 배성이 부른 〈사나이 부르스〉가 크게 히트하면서 본격적으로 작곡가의 길을 걷게 되었다.

이후 〈가지 마오〉(나훈아), 〈님과 함께〉(남진), 〈고향이 좋아〉(김상진), 〈잃어버린 삼십 년〉(설운도), 〈눈물의 부르스〉(주현미), 〈비 내리는 영동교〉(주현미), 〈비에 젖은 터미널〉(주현미) 등 절창을 잇달아 발표하며 작곡가로서 성공 가도를 달렸다.

작사가로서 활동하며 발표한 대표곡은 〈평양 기생〉(이미자), 〈동백꽃 피는 고향〉(남상규), 〈역에 선 가로등〉(배호), 〈사랑은 눈물의 씨앗〉(나훈아) 등이 있다. 히트곡 반열에 오른 또 다른 발표 곡으로 〈당신을 알고부터〉, 〈당신은 철새〉, 〈보슬비 오는 거리〉, 〈사랑은 연필로 쓰세요〉, 〈신사동 그 사람〉 등이 있다.

작곡가 백영호는 1920년 부산 출생으로 만주 신징음악학원에서 수학한 것으로 알려졌다. 1947년 영도의 작곡가 야인초가 운영하던 코로나레코드에 입사하면서 음악 활동을 펼치기 시작했다. 1953년 미도파레코드에서 문예부장 및 전속 작곡가로 활약하면서 백설희, 방운아, 정향, 신해성 등 미도파 전속 가수를 통해 많은 작품을 발표했다. 1964년에 지구레코드로 전속을 옮겨 활동을 이어갔다.

100여 곡의 히트곡을 비롯하여 3,200여 곡의 작품을 발표한 백영호는 2003년 세상을 떠났다. 대표곡으로 〈동백 아가씨〉, 〈여자의 일생〉, 〈울어라 열풍아〉, 〈지평선은 말이 없다〉, 〈빙점〉, 〈아씨〉, 〈여로〉, 〈첫눈 내린 거리〉, 〈고향의 강〉, 〈추풍령〉, 〈추억의 소야곡〉, 〈동숙의 노래〉, 〈비 내리는 명동 거리〉, 〈해운대 에레지〉 등이 있다.

가수 남상규는 1939년 충청북도 청주 태생이다. 청주농고를 졸업하고 1960년 부산 육군병참부대에서 근무하던 시절, 부산 KBS 〈노래자랑〉에 출연하여 전속 가수가 되었다. 남일해, 오기택 등과 함께 60년대 저음 가수 3두 체제를 구축했다는 평을 얻었다.

1970년대 이후 일본에서 가수 활동을 하게 되면서 대중의 관심에서 멀어졌다. 1984년 귀국한 뒤로는 지방 무대 등에서 가수 활동을 이어갔고, 2005년에 새 앨범을 발표했다.

〈고향의 강〉, 〈추풍령〉, 〈산포도 처녀〉, 〈동백꽃 피는 고향〉, 〈붉은 입술〉, 〈새벽 정거장〉, 〈고향 꿈〉, 〈애수의 트럼펫〉, 〈오분 전 열두 시〉 등의 대표곡을 남겼다.

(6) 울릉도 아가씨(김문응 작사, 이봉룡 작곡, 하춘화 노래, 1967)

복사꽃이 물 위에 떠서 흐르는 봄에
물제비 조잘조잘 노래를 부르네
사공아 뱃사공아 울릉도 총각아
섬 처녀 첫사랑을 왜 몰라주나
가슴이 울렁울렁 울릉도 처녀

호랑나비 꽃잎에 물고 잠들은 밤에
새파란 동해 바다 고은 달이 뜨네
포구에 섬 포구에 돛 내리는 총각아
연분홍 내 순정을 왜 몰라주나
조각돌 퐁당퐁당 울릉도 처녀

가사에서 보듯, 울릉도 출신 청춘 남녀의 사랑과 연정을 담
아낸 곡이다. 복사꽃이 바닷물 위에 둥실 떠서 흐르고, 제비가
해수면에 날개를 스치듯 날아다니는 청정한 울릉도의 자연풍광
이 그림처럼 펼쳐진다. 아름다운 풍경을 배경으로 젊은 뱃사공
은 돛단배의 닻을 내리고, 섬 처녀는 총각 뱃사공에게 슬그머니
연정을 내비치는 장면이 정겨움을 자아낸다.

울릉도 처녀의 가슴이 '울렁울렁'거린다는 대목은 울릉도 뱃
길에서 흔히 겪는 뱃멀미를 말할 때 쓰는 상투적인 표현이다.

2절에 나오는 '퐁당퐁당'은 1절의 '울렁울렁'에 음률을 맞추기
위해 배치한 대목이지만, 유치한 구석이 없지 않다. 수준 높은
가사를 다수 발표했던 작사가 김문응의 수준에는 미치지 못한
곡이다.

가수 하춘화는 1955년 전남 영암에서 태어났다. 딸의 가수로
서의 재능을 일찍부터 알아본 아버지가 가요계에 입문시켰다.
하춘화는 어렸을 때부터 주체할 수 없을 정도의 재능을 발산하
기 시작했다. 여섯 살 무렵인 1961년 8개월 동안 서울 동아예술
학원 가요과를 수료한 후 데뷔곡 〈효녀 심청 되오리다〉를 발표
했다. 1966년 〈아빠는 마도로스〉가 크게 히트했고, 17세에 정
규 1집 음반을 발표하면서 정식 가수가 되었다.

무수한 발표곡과 히트곡이 있는데 몇 곡을 뽑아 보면 다음과

같다.

〈물새 한 마리〉, 〈잘했군 잘했어〉, 〈영암 아리랑〉, 〈난생 처음〉, 〈우리 사랑 가슴으로〉, 〈날 버린 남자〉, 〈휘뚜루 마뚜루〉, 〈연포 아가씨〉, 〈그 누가 당신을〉, 〈약속 시간〉, 〈사랑했는데〉, 〈이슬비〉, 〈꽃가마〉, 〈여심〉, 〈별 보는 소녀〉 등이다.

(7) 울릉도 소식(이철수 작사, 유성민 작곡, 윤계원 노래, 1968)

석양에 타는 물결 물새야 왜 우느냐
연락선에 물어보는 내 사랑 소식
행여나 오시려나 옷고름 입에 물고
오늘도 하루 해를 보냈답니다
부둣가에 기쁜 소식 기다리는 울릉도 소식

바람 찬 동해 바다 물새야 왜 우느냐
가는 배에 실어 보낸 울릉도 소식
행여나 보시려나 개나리 꺾어들고
오시려는 그날까지 기다립니다
울릉도에 한숨 쉬며 기다리는 울릉도 소식

이 노래는 울릉군을 배경으로 한 대중가요 가운데 비교적 작품성을 잘 살린 곡이다.

울릉도가 고향인 1인칭 화자가 울릉도로 떠나는 부둣가를 서성이며 고향을 그리워하는 마음이 담긴 노래이다. 2절로 구성된 〈동백꽃 피는 고향〉(남상규)과 비슷한 분위기를 보이고 있다.

1절에는 울릉도에서 방금 도착한 배편을 찾아가 하선하는 울릉도 주민들의 말소리와 표정을 살피는 화자의 심경이 잘 드러나 있다. 2절에서는 아무런 소식도 얻지 못하고 탄식에 겨워하는 화자의 표정이 읽힌다.

작곡가 유성민은 오랜 기간 작곡에 종사해온 김성근의 또 다른 예명이다. 1941년 대전에서 태어났으며 1957년 〈가버린 영아〉를 불러 데뷔했다. 이후 〈여인의 눈물〉, 〈나 홀로 걸으며〉, 〈서귀포를 아시나요〉, 〈헤어진 사연〉, 〈경인선 막차〉, 〈정 주고 가시나요〉 등의 대표곡을 발표했다.

이 노래를 부른 가수 윤계원에 대해서는 아쉽게도 구체적인 자료를 찾을 수 없었다.

(8) 울릉도 처녀(오민우 작사·작곡, 박일남 노래, 1968)

울릉도 뱃사공아 말 물어보자
내 고향 내 집에는 어머님은 안녕하신지
성인봉에 달이 뜨면 님이 오실까
두 손 모아 달님에게 빌고 있는
아, 정든 님도 정든 님도 잘 있느냐

뱃길도 천리 길 물길도 천리 길
노 젓는 뱃사공아 고향 길이 멀고 멀구나
동백꽃이 다시 피면 님이 오실까

손꼽아 기다리는 고향 처녀야
아 가고 싶네 울릉도 내 고향

　남상규가 불렀던 〈동백꽃 피는 고향〉과 발상이나 표현 구조
가 몹시 유사한 작품이다.
　울릉도가 고향인 청년은 객지에서 고달프게 살아가면서도
꿈에도 잊지 못하는 고향 울릉도를 그리워한다. 고향집을 홀로
지키고 계시는 어머님 안부도 궁금하고, 결혼을 약속했던 고향
처녀에 대한 그리움도 사무친다. 작사가 오민우가 자신의 심정
을 곡에 담아내지 않았을까 짐작이 된다.

　작사가 오민우는 북한에 고향을 둔 실향민이다. 기다림을 주
조로 하는 울릉도 테마곡이지만, 이 작품에는 북녘의 고향을 그
리워하는 오민우의 절절한 향수가 짙게 배어 있다.
　오민우는 1935년 평남 진남포 출생으로 본명은 차상용이다.
작사와 작곡 부문을 넘나들며 다양한 영역에서 활동했다. 1956
년 작품 〈처녀별〉로 데뷔한 후 다수의 작품을 발표했다.

　가수 박일남은 각종 기록에 1945년 부산 출생으로 되어 있
다. 하지만 가수 남일해와 동갑이라고 하니, 1938년생으로 보
는 게 맞다. 7년이나 차이 나는 기록이다. 왜 이런 일이 벌어졌
을까?
　박일남의 본명은 박판용이며, 부산 해동고를 졸업하고 동국
대에서 불교철학을 전공한 이력이 눈길을 끈다. 1967년 〈갈대
의 순정〉으로 데뷔했는데, 이는 박일남의 최대 히트곡이 되었
다. 무려 30만 장이나 판매되는 실적을 올렸다고 한다. 이 곡의
제목은 지역 특산주의 브랜드명이 되기도 했다. 순천의 국가정

원 갈대밭 습지에 가면 입구의 기념품 판매소에서 '갈대의 순정'이라는 이름의 지역 특산주를 구입할 수 있다.

대표곡으로 〈엽서 한 장〉, 〈그렇게는 안 될 거야〉, 〈그리워도 이제는〉, 〈봉황산〉, 〈마음은 서러워도〉, 〈정〉, 〈그리운 희야〉, 〈희야〉, 〈잊을 수 없는 그대〉, 〈정아〉, 〈그리운 고향 산천〉, 〈그립다 생각하면〉, 〈사랑아 이젠〉, 〈빈 바다〉, 〈세월은 나그네〉, 〈그대 내 마음〉, 〈어쩌면 좋을까〉, 〈그대는 모르리〉, 〈떠날 때 그 미소가〉, 〈인생역〉, 〈이 순간을 위하여〉, 〈목숨을 걸어놓고〉 등이 있다. 특히 박일남 특유의 굵고 낮은 저음으로 부른, 옛 가요를 리바이벌한 음반이 인기를 모았다.

필자와 특별히 친교가 있어서, 그가 업무차 대구로 내려올 경우 반드시 호출하여 박일남을 좋아하는 대구의 벗들과 더불어 밤 깊도록 술잔을 부딪치고 노래를 부르며 자주 호쾌하게 놀았다. 품성이 자상하고 겸손하고 다정다감하며, 결코 화를 내거나 자신의 억지 주장을 펼치는 일이 없었다. 하지만 불의를 보면 도저히 참지 못하고 반드시 응징하고자 하는 의리 기질도 있다. 붓글씨에도 조예가 깊어 모필(毛筆)로 쓴 박일남의 글씨는 전문가 수준을 자랑한다.

(9) 동백꽃 순정(이철수 작사, 라음파 작곡, 오은주 노래, 1970)

푸른 물결 넘실대는 정든 포구에
올해도 곱게 피는 동백꽃 하나
동해라 천리 길 울릉도에
굴 따는 아가씨 검은 머리에

아 동백꽃 향기 님을 부른다

갈매기 떼 울고 가는 저녁노을 길에
오늘도 안 오시는 총각 뱃사공
동백꽃 활짝 핀 울릉도에
외로운 아가씨 갑사댕기에
아 얼룩진 사연 님을 부른다

이 곡의 노랫말도 대중가요의 통속성이 두드러진다. 오지도 않을 총각 뱃사공을 기다리는 울릉도 아가씨가 주인공이다. 그런데 "얼룩진 사연"이라고 변죽만 울리고서 그 얼룩의 구체적 내용이 무엇인지는 암시조차 없다. 울릉도 처녀는 그냥 그렇게, 평생 기다림 속에서 홀로 늙어가도록 운명 지어져 있단 말인가. 지금이야 상황이 많이 달라졌지만, 한국의 대중가요사는 이처럼 편협한 남성적 시각으로 여성을 바라보는 작품들이 주류를 형성해왔다.

여성들의 위상, 환경, 처지, 감정적 색채는 어둡고, 우울하며 불행하다. 대부분 고통 속에 홀로 방치되어 있는 경우가 많다. 물론 이런 여성상을 그리고 있는 노랫말을 발표한 작사가들은 거의 모두 남성들이었다. 기생 화자의 고백적인 발화로 이루어진 노래조차, 남성 작사자의 시선을 투과한 기생의 이미지가 부각될 뿐이다. 흥미와 호기심 위주의 남성 중심적 관점이 스며들어 있다는 점을 부인할 수 없다. 남성들은 기생을 단지 호기심의 대상으로 그리는 한편, 그들을 배척하고 조롱한 흔적이 여실하다.

실제로 20세기 초반 강범형이 엮은 『신식유행 이팔청춘창가집』(삼광서림, 1929)에 수록된 「기생경계가」를 보면 기생에 대한 남성 일반의 왜곡된 시각이 노골적으로 드러나 있다.

「기생경계가」는 전체 14절로 구성된 창가 가사 형태의 작품이다. 이 작품의 6절과 10절은 기생이라는 특수한 신분에 대한 근원적 부정으로 가득하다. "너희는 이 세상에서 이상한 물건"으로 시작되는 이 작품의 6절과 10절을 여기에 옮긴다.

너희의 오장(五臟)을 해부해 보면
요악(妖惡)이 배 속에 가득 찻고나
정직(正直)은 보랴도 형적(形迹)이 업고
량심(良心)은 구하려야 싹도 업도다(6절)

너희의 소유(所有)는 매독(梅毒)과 림질(淋疾)
이것이 해독을 사회에 전파
요행히 엇더한 놈 작은 집 되면
그 집안 평화를 깨뜨려 놋코(10절)

이뿐 아니라 상당수 대중가요에 나타난 여성상에는 왜곡된 편견의 그림자가 짙게 드리워져 있다. 다른 문화 장르에 비해, 대중가요의 여성성 인식이 상대적으로 전근대적이고 보수적인 관점을 벗어나지 못하고 있는 것으로 보인다. 실제로 한국 가요사에는 「기생경계가」에서처럼 여성을 마치 하나의 장난감이나 놀림의 대상으로 다룬 야만적인 작품이 상당수 존재한다.

수준 높은 노랫말로 대중을 사로잡았던 이철수조차 이런 남성적 편견에서 벗어나지 못한 것 같아 아쉬움이 남는다.

1939년 서울에서 태어난 작곡가 라음파의 본명은 송성선이다. 1964년에 데뷔했으며 대표곡으로 〈명동 부르스〉, 〈기타 치는 마도로스〉, 〈무역선 아가씨〉, 〈비 오는 밤길〉, 〈꿈속에 본 고향〉, 〈메밀꽃 고향〉, 〈추억의 오솔길〉, 〈애수의 쟈니 기타〉, 〈유정 부르스〉, 〈Street Waltz〉, 〈남행열차〉 등이 있다.

가수 오은주는 1966년 서울에서 출생했으며 본명은 오은례이다. 1972년 〈엄마 엄마 돌아와요〉를 발표하며 데뷔했다. 당시 그녀의 나이는 6세로, 하춘화의 데뷔 나이와 같다.

대표곡으로 〈기타 치는 마도로스〉, 〈사랑에 취한 여자〉, 〈돌팔매〉, 〈메밀꽃 사랑〉, 〈사랑의 포로〉, 〈아빠는 마도로스〉 등이 있다.

(10) 울릉도 뱃사공(정두수 작사, 백영호 작곡, 남정희 노래, 1970)

울릉도 사공아 뱃사공아
총각 사공아 말 물어보자
지난해 임을 싣고 떠나가더니
동백꽃이 활짝 피는 시절이 와도
어이해서 못 오시나 떠나간 임은
데리고 오지 않나 총각 사공아 뱃사공아

울릉도 사공아 뱃사공아
총각 사공아 말 물어보자
데리고 가더니만 혼자 오는가
함께 와야 기다리는 사람 마음도
그때처럼 사공 맞아 인사하련만

어이해 무심하게 사공만 오나 뱃사공아

이 작품은 뭔가 석연치 않은 구석이 있다. 손일년이 부른 동
명의 노래 〈울릉도 뱃사공〉과 거의 같은 작품이기 때문이다.
부분적으로 약간의 차이는 있다. 그럼에도 작사, 작곡자 이름이
다르게 나온다. 손일년이 부른 노래는 김강섭 작사·작곡으로 되
어 있는데, 이 곡 남정희의 노래는 정두수 작사, 백영호 작곡으
로 표기되어 있다. 두 작품 모두 1970년 발표작인데, 어쩌다 이
런 혼선이 빚어졌는지 모를 일이다. 뒤에 발표된 작품이 앞서
나온 곡을 표절했을 거라고 충분히 의심할 수 있는 대목이다.

문제는 어떤 곡이 먼저인지 분별이 되지 않는다는 점이다.
이 문제를 두고 레코드사나 창작자들 간에 무슨 말들이 오갔는
지 자못 궁금하다. 저작권 소유자를 명확히 하기 위해서라도 언
제든 분명하게 밝혀져야 할 일이다.

손일년이 부른 〈울릉도 뱃사공〉의 노랫말은 다음과 같다.

울릉도 사공아 총각 사공아
지난해 님을 싣고 떠나가더니
동백꽃이 활짝 피는 제철이 와도
어이해서 철새처럼 떠나간
님은 데리고 오지 않나 총각 사공아

데리고 갈 때는 무슨 마음에
데리고 가더니만 혼자 오는가
함께 와야 기다리는 이내 마음도
그때처럼 사공마저 반기련만은
어이해서 무심하게 사공만 오나

남정희의 〈울릉도 뱃사공〉과 마찬가지로 봉건적 여성상을 일방적으로 드러내고 있다. 여성에 대한 남성의 편견 어린 인식이 일편단심 한 남자만을 오로지하며 기다리는 순종적 여인상을 부각하고 있는 것이다. 전형적인 남성적 시각이다.

이러한 남성적 인식은 한국의 근대 대중가요에서 가장 많은 빈도를 나타내고 있다. 이 작품들에 등장하는 여성들은 하나같이 가부장적 남성 중심 사회에서 철저히 배제되고 소외된 존재로 그려진다.

다음 가요시 작품에도 이런 시각이 여실히 드러난다. 대구에서 출생한 아동문학가 윤복진이 1929년 발표한 동시를 신민요 풍의 노래로 만든 것이다.

팔월이라 열사흘 밤 달도 밝구나
우리 낭군 안 계셔도 방아를 찧네
아리랑 아리랑 아라리오
햅쌀은 찌어서 무엇 하나

사람 잘난 우리 낭군 언제 오련고
돈 한 닙 못 모아도 돌아올 게지
아리랑 아리랑 아라리오
님 없이 청춘만 늙어가네

－〈방아 찧는 색시의 노래〉
(김수향 작사, 홍난파 작곡, 최명숙·이경숙·서금영 노래)

신아리랑조 창작 민요로 제작된 이 곡에도 남편을 오매불망 기다리고만 있는 여성 화자가 등장한다. 작중 화자는 남편을 외국(일본)으로 떠나보낸 한 여인으로 짐작된다. 남편의 부재에도 여성은 흔들림 없이 순종적인 가족 이데올로기에 충실한 일상을 견고하게 유지하고 있다. 남편이 부재하므로, 가사 노동은 물론 논밭 관리 등 외부에서의 노동도 모두 아내가 전담하고 있을 것이다. 추석 명절을 앞둔 시점에서 아내는 남편의 귀환을 갈망하며 속절없이 늙어가는 자신을 한탄한다. 〈울릉도 뱃사공〉의 여주인공과 데칼코마니처럼 유사한 인물이다. 수동적이고 전형적인 여성상을 관습적으로 그리고 있는 것이다.

빅 히트곡을 다수 작사했던 정두수 역시 여성성에 대한 봉건적 인식과 굴레에서 전혀 벗어나지 못하고 있다는 점에서 아쉬움을 남긴다.

〈울릉도 뱃사공〉에 등장하는 작중 화자는 울릉도 여성이다. 화자는 뱃사공에게 왜 자신의 님이 돌아오지 않는지, 한탄조로 묻고 있다. 다른 울릉도 테마 가요의 수준에 머물고 만 느낌이다. 심수봉의 노래 〈남자는 배 여자는 항구〉처럼 남자는 배고 여자는 항구다. 남자는 배가 되어 떠나고 여자는 항구에서 그 배를 기다린다. 모든 기다림은 오직 여성의 몫이다. 다른 울릉도 테마곡들에 습관처럼 등장하는 동백꽃도 어김없이 등장한다. 통속적인 대중가요의 낡은 틀을 그대로 답습하고 있는 꼴이다.

작사가 정두수는 1937년 경남 하동에서 태어났으며, 본명은 정두채이다. 시인 정공채의 아우로 알려져 있다. 1963년 〈덕수궁 돌담길〉로 데뷔했으며, 이후 〈흑산도 아가씨〉, 〈가슴 아프게〉, 〈물레방아 도는데〉, 〈공항의 이별〉, 〈마포종점〉, 〈삼 백리 한려수도〉, 〈그 사람 바보야〉, 〈마음 약해서〉, 〈아네모네〉, 〈과거는 흘러갔다〉 등 숱한 히트곡을 발표하며 3,500곡을 작 사했다.

2016년 정두수도 세상을 떠나고, 이제 전국 13곳에 건립된 노래비들이 그를 기리고 있다.

필자와도 친분이 두터웠던 정두수는 경북 청송군 파천면 송 강리에 있는 작사가 왕평 선생의 무덤을 참배할 때도 옛가요사 랑모임 '유정천리' 회원들과 함께 다녀왔다. 작가의 고향인 하 동군 고전면 성평리를 방문할 때 선생의 간곡한 요청으로 함 께 다녀오기도 했다. 그 전날 밤에는 삼천포항이 가까운 바닷 가 숙소에서 참석자 모두 정두수 선생의 노래를 합창하고 연주 하며 멋진 밤을 즐기기도 했다. 한국 가요사의 명곡들을 정리 한 그의 저서 『노래 따라 삼천리』 출판기념회가 서울 용산구 전 쟁기념관 뮤지엄홀에서 열렸을 때, 필자는 그 자리에 참석하여 축사를 했다. 그 저서 후반부에 「정두수 가요시의 품격과 인간 적 매력」이란 제목의 발문을 집필했기 때문이다. 그 후 중환으 로 입원했다는 소식과 결국 작고했다는 슬픈 소식이 연이어 들 려왔다.

작곡가 백영호는 수 편의 울릉도 테마곡을 발표했다. 〈울릉 도 뱃사공〉, 〈동백꽃 피는 고향〉, 〈울릉도야 잘 있거라〉 등이 그것이다.

가수 남정희는 1950년 출생으로 본명은 방경숙이다. 1966년 〈새벽길〉로 데뷔했으며, 대표곡으로 〈공산명월〉, 〈가는 정 오는 정〉, 〈엄마의 노래〉, 〈봉선화 피는 마을〉, 〈모정〉 등이 있다. 기 구하게도 30대 초반의 이른 나이에 교통사고로 세상을 떠났다.

(11) 울릉도 사연(문영 작사, 김학송 작곡, 이영아 노래, 1970)

울릉도 떠난 배는 다시 오건만
한번 간 그 임은 왜 아니 오시나
칠석날 그날 오면 견우직녀 만나는데
칠석날 그 몇 번을 나는 울었나
울릉도 울릉도 떠나가신 임이여

울릉도 오고 가는 뱃머리마다
아가씨 눈물 맺힌 세월만 가도
오작교 다리에서 견우직녀 만나는데
오작교 걷는 다리 나는 왜 없나
울릉도 울릉도 떠나가신 임이여

1970년 성음레코드에서 발매한 노래이다. 작사는 문영, 작곡은 김학송이 맡았다.

문영은 〈무정한 여인〉 등의 대표곡이 있다.

김학송은 1925년 평남 출생으로 본명은 김명순이다. 1950년대 초반 육군 군예대 연주자로 활동하다가 1964년에 데뷔했다. 대표곡으로 〈기러기 남매〉, 〈강촌에 살고 싶네〉, 〈서산 갯마을〉, 〈행복을 비는 마음〉, 〈잊지 못할 여인, 왜 그랬을까〉, 〈당신의 마음〉, 〈빗속의 연정〉, 〈동백꽃 순정〉, 〈사랑의 합창〉, 〈정〉, 〈첫눈에 반했네〉 등이 있다.

가수 이영아는 이 작품 외에도 〈남해섬 아가씨〉 등을 발표했다.

이 노래 역시 대중가요의 전형적 통속성과 왜곡된 고정관념에서 벗어나지 못하고 있다. 울릉도 여성들은 언제나 육지로 떠난 님을 운명적으로 기다리기 위해 태어난 존재로 고정되어 버린 듯하다. 이 작품의 노랫말과 해설 역시 떠나간 낭군을 일방적으로 기다리며 살아가는 한 여성이 화자로 설정되어 있다. 삶의 일거수일투족이 오직 남편의 극적인 귀환과 관련되어 있다.

이런 유형의 노래는 식민지 시대 대중가요에서 시작되었던 것으로 보인다. 당시 남성들은 자신의 가정, 혹은 고향집에서 편안한 삶을 영위할 만한 여건이 되지 않았다. 근로보국대, 징용, 지원병, 단순 생계유지를 위한 노동 활동, 민족 운동 가담 등의 이유로 주거지를 떠나 타향을 전전하는 처지가 될 수밖에 없었던 것이다.

> 가신 낭군은 언제나 돌아와 나하고 만날까
> 가신 낭군을 고대코 마음속만 태우며
> 눈물을 쪽쪽 짜서는 치마에 꽁꽁 쌌다가
> 만나는 날 낭군의 상에 받쳐서 노련다
> 꽁꽁 꽁꽁 묶어라
> 내 서름 꽁꽁 묶어라

> ─〈꽁꽁타령〉
> (유영일 작사, 김형원 작곡, 김준영 편곡, 고일심 노래) 부분

이 가요시의 작중 화자도 위의 사례들과 마찬가지로 가장으로서의 남편을 기다리며 일상적 삶을 영위하고 있다. 남편이 부재하지만, 남편의 위상은 여전히 삶의 중심에 굳건히 자리하고 있는 형국이다. 부재하는 존재가 실재하는 존재를 압도해버린

형국이랄까. 남편이 부재하는 여성의 삶은 온통 비극과 슬픔, 서러움 따위의 비관적 정서에 매몰되어 있다. 삶의 모든 지향과 목표는 오로지 남편의 감격적인 귀환뿐이다. 애오라지 남편의 귀환을 기다리며 현실적 삶의 고통을 감내하는 것이다. 남편이 부재하는 동안의 온갖 슬픔과 서러움은 남편이 돌아오는 순간 일시에 해소될 수 있다는 확신이 전제되어 있다.

이러한 정황은 해방 이후에 나온 대중가요의 노랫말에서도 연속성을 띠고 있다.

가요시 〈모녀 기타〉의 구조를 살펴보자.

이 곡은 남편이 부재하는 가정을 떠나 정처 없이 방랑하는 어머니와 딸의 가혹한 시련을 다루고 있다. 생존을 위해 악기를 메고 다니며, 그 악기를 연주하는 것으로 구걸하며 연명하는 듯하다. 모녀가 겪는 삶의 고통은 오로지 가정의 중심인 남편의 부재에서 비롯되고 있음을 암시해준다.

정처 없이 하염없이 뜬구름 따라
굽이굽이 흘러온 길 아득하구나
부여잡은 어머니 손 하도 가냘퍼
돌아보니 그 얼굴에 눈물 고였네
모녀 기타가 모녀 기타가 울고 갑니다

―〈모녀 기타〉
(조진구 작사, 손목인 작곡, 최숙자 노래, 1957) 부분

가요시 〈나룻배 처녀〉의 경우, 미혼 여성으로서 괴롭고 힘에 부치는 뱃사공 일을 너끈히 감내해내는 까닭은 마음속에 반석처럼 자리 잡은 '서울 간 도령님'이 있기 때문이다. 하지만 그

'서울 간 도령님'과 강촌의 '나룻배 처녀'가 순조로운 결합을 이루게 되리라고 예측하기는 어렵다. 이미 현저히 다른 환경으로 갈라서버린 상황에 놓여 있기 때문이다.

　낙동강 푸른 물에 노 젓는 처녀 사공
　자나 깨나 흘러 흘러 세월만 가네
　에헤야 데헤야 에헤야 데헤야
　서울 간 도령님이 서울 간 도령님이
　보고 싶구나

-〈나룻배 처녀〉
(김운하 작사, 하기송 작곡, 최숙자 노래) 부분

　이러한 정황은 1960년대 초반의 히트곡이었던 〈동백 아가씨〉(한산도 작사, 백영호 작곡, 이미자 노래, 1962)에서도 동일한 양상으로 나타나고 있다. 이 곡은 도서 지역에 거주하는 여성과 서울에서 잠시 다니러 왔다가 정을 맺고 떠나간 남성과의 이별을 다루고 있다. 그런데 사랑하는 님을 향한 애타는 그리움과 고난에 시달리는 쪽은 오로지 여성으로 제한되어 있는 것이다.

　(12) 울릉도 사랑(월견초 작사, 이종묵 작곡, 김세레나 노래, 1971)

　울릉도 동백꽃이 곱게나 피면
　섬 처녀 빨간 순정 안으로 타네
　묵호로 떠난 님이 돌아올까 봐

뱃고동 울 때마다 가슴 설레는
포구에 피는 사랑 울릉도 사랑

울릉도 동백보다 새빨간 정을
버리고 가신 님은 오시지 않네
묵호로 떠나가는 뱃고동 소리
나도야 님에게로 찾아갈까나
포구에 지는 사랑 울릉도 사랑

여성을 얕잡아 보는 대중가요의 한 경향도 반성적으로 성찰해봐야 할 문제다. 이런 유의 작품들에 등장하는 여성들은 남성에 비해 무능하고 시대 변화의 속도를 따라잡을 수도 없으며 둔감한 존재로 그려진다. 이는 여성의 생리적 조건과 특성상 필연적인 것이라고 말하기까지 한다.

이 곡 〈울릉도 사랑〉에서도 이런 경향성이 여실하다. 이런 노래들은 왜 울릉도 여성들을 돌아오지도 않을 '님'을 하염없이 기다리는 표상으로 그리고 있는가? 빼어난 노랫말을 많이 발표했던 작사가 월견초도 이런 상투적 경향에 얽매인 작품을 관습적으로 양산했음을 알 수 있는 곡이다.

작곡가 이종묵은 1969년 본인이 발표한 작품들로 구성된 《이종묵 작곡집》을 발매한 바 있다. 이 앨범에는 〈인생이란 이런 것〉, 〈고독〉, 〈영산강 뱃사공〉, 〈여자의 순정〉, 〈왜 아니 오시나요〉, 〈충청도 아가씨〉, 〈마산포 연가〉, 〈아리랑 고향길〉, 〈밤이 내리면〉, 〈돌아 왔건만〉, 〈사나이의 길〉 등의 대표곡이 수록되었다.

1947년 충남 논산에서 태어난 가수 김세레나의 본명은 김희숙이다. 1964년 고교 재학 시절 동아방송 〈가요백일장〉으로 데뷔했다. 인간문화재였던 박초월 선생으로부터 민요 창법을 배웠다. 신민요 풍의 노래를 주로 발표했으며, 대표곡으로 〈새타령〉, 〈갑돌이와 갑순이〉, 〈꽃타령〉, 〈까투리 사냥〉, 〈성주풀이〉, 〈창부타령〉, 〈울릉도 사랑〉 등이 있다.

여성을 얕잡아 보고 비루한 존재로 다루는 사례로, 식민지 시대 유행했던 '넌센스' 장르를 들 수 있다. '넌센스'란 현실의 모순, 혹은 부조리한 국면을 익살스러운 표현이나 풍자적 서술로 엮어 일종의 만담 형식으로 펼쳐내는 것을 일컫는다. '스켓취'라는 장르도 이와 유사한 형식을 갖추고 있다. 이러한 넌센스 장르에 속하는 음반으로 《꼴불견 전집》이 상·하 두 장으로 발매되어 나온 적이 있다.

(남) 일테면 남녀가 유별한데 댁이 어째 남의 남자를 대해서 언어 행동을 이같이 함부로 가진단 말이오
(여) 아니 그래 그 말삼 좇습니다. 남녀가 유별한데 엇재 당신은 언어 행동을 그럿케 함부로 가지느냐 말슴이야요
(중략)
(남) 거 뉘놈의 녀편넨지 서방 속은 무던히 태워주겠다
(녀) 거 참 누년의 서방인지 계집의 속은 무던히 태워주겠다

　　　－넌센스 《꼴불견전집(상)》(김영환, 김선초 출연) 부분

위의 인용은 배우 김영환과 김선초가 각각 남녀 역할을 맡아 대화 형식의 만담으로 풀어가는 풍자적 구성 방식을 보여준다.

재미있는 사실은 '남녀유별'이라는 유교적 윤리관을 앞세우며 여성을 질책하는 남성에게 여성이 전혀 밀리지 않는다는 것이다. 여성 화자는 전혀 위축되지 않고 오히려 남성의 방자한 행동을 질타하고 당당한 대응으로 맞서고 있다. 이러한 흐름은 결말부에서 더욱 극적으로 고조된다. '넌센스' 또는 '스켓취'라는 음반 형식과 장르가 대중들의 지적 갈증과 억압 심리를 시원하게 해소하고 소통시켜 주었음을 반증하는 사례로 볼 수 있다.

실제로 대중잡지 『별건곤(別乾坤)』 1933년 7월 호에는 '꼴불견'에 해당하는 6가지 사례를 코믹한 만화로 수록하여 당시의 세태를 풍자하고 있다. 이 만화에서 꼴불견의 6가지 사례는 한복에 양산을 쓰고 핸드백을 든 여성, 양장을 차려 입고 등에는 아이를 업은 여성, 바이올린을 켜는 여성, 갓 쓰고 두루마기를 입은 차림으로 유원지에서 보트를 젓는 모습 등이다.

식민지적 근대의 강압적 질서가 팽팽한 세력으로 유지되고 있었던 1930년대, 남성성과 여성성에 대한 대립적 성격과 문제 제기가 소박한 상태와 수준으로나마 전개되고 있었음은 특기할 만한 일이다. 다음의 스켓취 작품에서도 그러한 사례를 확인할 수 있다.

남: 아 그래 여자가 어데로 보던지 남자만하단 말이오?

여: 여자가 남자만 못한 게 뭐요?

남: 아, 첫째 남자하구 다름박질을 해보지 여자가 당할 수 잇나 원 당치 않은 제기

여: 아이구 참 기가 맥혀서 사람이 죽겠네 당신이 녀자의 힘이 약한 줄만 알었지 녀자의 힘이 얼마나 위대하다는 것은 아즉도 그믐밤인 모양이구려

남: 그럼 어데 달 떠오르는 보름밤 갓튼 얘기를 좀 한번 해

보우

여: 첫째 제이세 국민이 현모양처의 손을 빌지 안코 되는 줄 알우

남: 앗다 제기 홀애비 자식 잘만 되데

여: 그런 억설은 좀 그만 둬요

남: 말이 맥히면 남더러 억설이라구 그래

여: 여자의 힘이란 강폭한 남성을 미적으로 융화시킬 수도 있고 실망한 남자를 용감히 활동시킬 수도 있다는 것은 모르는 모양이로구려

남: 그런 사실이 어데 있어 있길

―스켓취 〈월급날〉(신불출, 윤백단 출연) 부분

이 작품에서 남성은 줄곧 여성이 남성에 비해 신체적·생리적으로 나약하고 무능하며 하등한 존재라고 억지스러운 망언을 퍼부어댄다. 이러한 가부장적 남성의 위선과 허상을 명백하게 깨닫고 있는 여성은 여성성의 위대함에 대해 직설 화법으로 응수하며 죽비를 날린다. 물론 남성은 전혀 동의하지 않을 뿐만 아니라 줄곧 빈정거리며 희롱으로 맞선다. 여성의 정당하고도 명쾌한 문제 제기에 맞서며 가부장적 권위를 유지하려는 자세를 취하는 것이다. 남성은 습관적 거부와 부정으로 일관하며 여성의 반박에 선뜻 동의하지 않는다. 두 배우가 엮어가는 대화 내용이 상당히 흥미로울 뿐 아니라, 점차 목소리를 내기 시작한 근대적 여성의 주체적인 여성상을 보여주고 있다는 점에서 흥미로운 텍스트이다.

신불출과 신은봉이 부부 대화 형식으로 엮어가는 풍자극 「여천하(女天下)」에서도 이러한 여성적 각성의 소리가 한층 신랄한

비판 의식으로 표출된다.

　부: 아이그나 속상해 아아 마누라님 시하에 새벽동자가 이렇
게도 고달프단 말이냐
　(부채질하는 소리)
　처: 여보 여보
　부: 네! 아 인제 기침하셨소
　처: 아 대관절 당신은 불을 때우 멀하우 왼 집안에다가 연긔
를 피우니 어쩐 일이오
　부: 어제 밤비에 장작이 젖어서 잘 타지를 안어요
　처: 머 비가 왔서? 장독은 다 어찌 되얏누!
　부: 장독 걱정은 마세요
　처: 걱정을 마다니
　부: 반독 밧게 안 되는 장이 어제 밤 비에 한독이 가득 차오
르게 되얏서요
　처: 머 고치장독은?
　부: 좀 물거겟세요
　처: 아서 아서 왜 그래 응 순진한 체하고 집안일은 모조리 망
하게만 꾸미드라 아으 그 양말!
　부: 네 아츰에 빨어 넌 게 그저 아니 말렀지요
　처: 세수물!
　부: 네!

　　　　　　　　　　－풍자극 「여천하」 (신불출, 신은봉) 부분

　이 극에서 남편과 아내의 성 역할은 사실상 뒤바뀐 상태로
보인다. 역설적 아이러니 기법으로 풍자 효과의 극대화를 꾀한

듯하다. 마치 역할 바꾸기 놀이를 펼치고 있는 것 같기도 하다.

도치된 현실, 역전된 역할이 풍자 효과를 발휘하며 유쾌한 쾌감을 안겨준다. 이 풍자 희극에 등장하는 거만한 아내의 화법은 곧 가부장적 권위를 기득권으로 즐기고 있는 남성 일반을 비판하고 풍자하려는 의도를 품고 있다. 아내 앞에서 극히 공손한 태도로 쩔쩔매는 남성의 모습은 사실상 여성성의 현실을 풍자적으로 비판하려는 작가적 의도를 드러내고 있는 것이다.

이러한 기법을 활용하는 방식은 같은 작품의 또 다른 부분에서도 계속 이어지고 있다.

JODK 아나운싸
이제로부터 남성교화원 총재 최보패 양의 '가정에 필요한 남자들의 상식'라는 연제로 가정 강화가 있겠습니다.

*

최: 여러분! 부인네의 마음은 비단실같이 곱고 가나리아의 노래같이 명랑합니다. 음식은 야채보다 생선이나 고기를 즐기시며 의복은 항상 신선하고도 보드러운 무색옷을 사랑하십니다. 매운 것, 짠 것은 절대 권하지 않는 게 조코 때때 선살 구이나 쪼고레트나 나쓰미깡 같은 것을 준비하야 간식으로 드리는 게 조켓습니다 부인이 출입하신 동안에 들창 밧그로 지내가는 다른 댁 부인네에게 추파를 보내느라고 양말 세탁 자리 옷 터진 것 꾸매기를 게을니 해서는 당장 감옥으로 몰려가리니 여러분은 부디 주의하시기를 바랍니다.

－풍자극 「여천하」 (신불출, 신은봉) 부분

JODK는 일제가 만든 관제방송국이었던 경성방송국(京城放

送局)을 의식한 풍자와 비판으로 보인다. 1927년 정동에서 출발했던 식민지 시대 최초의 라디오 방송국인 경성방송의 호출부호가 JODK였던 것이다.

남성 교화원은 여성의 삶이 한층 고급화, 특수화되는 경로를 밟아가야 한다고 강조한다. 하지만 그의 주장은 결국, 여성은 오로지 남성에게 충실하게 복무하는 방향으로 나아가야 한다는 우격다짐에 다름 아니다. 권위에 찌든 남성 화자의 발언에 내포된 이율배반적 요소가 헛웃음을 유발하며 풍자의 길로 나아간다.

다음 대목도 이러한 극적 화법으로 남성성의 허위를 꼬집고 있다.

아나운싸: 다음은 뉴스를 방송하겠습니다 이번 국무원에서 발표된 신형법의 내용—

제1조 남의 남편된 자로 자기 부인 이외의 다른 여성에게 이유 없이 몬저 말을 붙이면 징역 1년

제2조 부인의 승낙 없이 외간 여자와 교제를 하면 징역 3년

제3조 만일 외간여자와 연애 관계를 맺는 때는 사형 또는 무기 징역

부: 아주 쫄딱 망했구나

처: 그러기에 정신 차려요

부: 내야 언제든지 집에 들어 앉어서 당신 얼골만 처다보고 있지 않소

처: 양치물!

부: 네———

처: 여보 치솔이 왜 이리 젖었소?

부: ──────

처: 또 먼저 닦았군?

부: ──────

처: 당신이 먼저 닦으면 냄새가 나서 못쓴대도 왜 말을 안
들어

부: 잘못했구료 다시는 안 그러리다

처: 구쓰(두) 닦았소

부: 인제 닦어요

처: 그럼 어서 닦어요

───구두 닦는 소리

처: 그리고 집의 밥은 당신 혼자 먹어요 나는 친구의 집 생
일집에 갔다 올터이니

부: 아 빠나나 찌개하고 도토리국이 다 됐는데 그래요

처: 아아 싫어! 또 짜거나 싱겁겠지? 안경하고 단장하고 이
리 내와!

부: 네───

처: 집 잘 봐요!

부: 여보 오늘도 늦게 들어오시료?

처: 보아야 알지

부: 그럼 저 들어오실 때 푸레센트!

처: 암 사다 주다마다 저 향수하고 분사다 줄테니 애껴 써!

　　　　　　　　－풍자극 「여천하」 (신불출, 신은봉 출연) 부분

문맥의 흐름 속에서 감지되는 권력의 중심은 사실상 여전히
남성들에게 장악되어 있음을 확인할 수 있다. 이는 짐짓 장난
스럽게 성 역할의 자리 바꾸기를 통하여 웃음을 유발하고, 남

성성의 권위가 손상되는 것을 방어하려는 기제가 암암리에 내포되어 있음을 보여준다. 그러므로 이 인용문은 남성과 여성의 도치된 역할을 다시 제자리로 돌려놓아야만 비로소 작가의 의도를 읽어낼 수 있다.

근대에 와서 주체적인 여성성이 점차 부각되는 현실을 경계하려는 작가의 의도가 읽히기도 한다. 사회의 기득권이라 할 수 있는 남성 중심 권력의 이동을 허용하지 않으려는 경계심이 다분히 깔려 있는 것이다. '모던 걸'이라 불리는 신여성의 출현과 그에 대한 관심이 사회 전반에 퍼져나갈 때, 이에 대한 경계심의 표현으로도 해석할 수 있다는 말이다.

(13) 눈물의 울릉도(김송 작사·작곡, 최애자 노래, 1971)

아득한 바다 멀리 황혼이 지는데
오늘도 가신 님은 어이해서 아니 오시나
가슴이 터지도록 그 이름 불러도
갈매기만 슬피 우네 눈물의 울릉도

오늘도 저 바다는 저물어 가는데
온다던 우리 님은 기약마저 잊으셨나요
수평선 파도 멀리 그 이름 불러도
등대 불만 깜박이네 눈물의 울릉도

이 노래 역시 상투성에 매몰돼버린 느낌이다. 황혼, 눈물, 배반, 등댓불, 기다림 따위는 이제 식상하기 그지없다. 그야말로 지겹도록 반복되는 스타일이다.

이 노래를 작사하고 작곡한 김송은 1942년 충남 부여 출생으로, 본명은 김태정이다. 1964년 〈눈물의 현해탄〉으로 데뷔한 이후 〈무슨 까닭에〉, 〈호수〉, 〈휴전선의 한〉, 〈야생화〉, 〈그 사람 지금은〉 등을 발표했다.

가수 최애자의 프로필과 이력에 대해서는 이 노래 말고는 밝혀진 것이 없다.

울릉도 여성에 대한 왜곡된 시각과 편견은 모두 여성성에 대한 몰이해에서 비롯된 것이다. 다시 1932년에 발매된 넌센스 작품 하나를 살펴보자.

왕평(王平, 본명 이응호)이 대본을 쓰고 김용환과 이경설이 엮어가는 작품이다. 도입부는 남성이 만주, 시베리아 등지로 떠나게 되어 이별을 하는 장면으로 시작된다. 부부 대화는 다음과 같이 펼쳐진다.

남: 여보 마누라 내가 이번에 저 멀리 북쪽 나라로 가게 되는데 려비가 없어서 큰 걱정이니까 할 수 있소. 마누라를 신정 유곽에다 팔아서 려비나 좀 보태 가겠소. 어떳소

여: 여보세요. 이왕 파시겠스면 유곽보다는 물산장려회에다 팔어주세요

남: 아니. 물산장려회에서 게집을 사면 무엇을 한단 말이냐

녀: 그럿치만 사람을 사서 밴댕이나 메루치갓치 말려쥑이지는 안켓지요. 조선의 아가씨는 이럿습니다 하고 만국박람회에 출품을 시킬지도 아심니까

남: 야 이것 참 뻔뻔스러운 수작이다. 그래 안종다리 꼬부라진 요 체격을 가지고도 미스 조선이라는 소리를 듣고 싶은 야심

에서 하는 소리로구나

여: 흥 이레뵈도 나에겐 애인이 만타나요

남: 암 만코 말고 귀머거리 아니면 장님일 것이다

(중략)

남: 마누라를 내가 그대로 두고 가기는 안타깝고 애처롭고 또 믿을 수 업는 일이니까 할 수 있소 내 손으로 너를 쥑이고 가는 수밧게 딴 도리가 업구나

(중략)

남: 그럿탄다 물속에 비친 달그림자와 눈썹 밋헤 감초인 여자에 마음은 잡힐 듯 잡힐 듯 하면서도 못 잡는 것이란다. 자 그럼 부데 문을 꼭 닫고 드러누워 날 오기만 기대려다고. 자 나는 간다

여: 네 염려마시고 소첩이 부르는 마지막 노래를 들으시면서 천리원정 머나먼 길을 가는 듯이 돌아오세요

―넌센스 〈천리원정〉

(왕평 작, 왕평·김용환·이경설 출연) 부분

이 작품에는 각종 비아냥거림, 냉소, 조롱, 악다구니 따위가 복합적으로 중첩되어 있다. 사랑하는 아내를 두고 먼 곳으로 여행을 다녀오기가 불안해진 남편은 아내를 사창가에 팔아서 여비를 마련하겠다고 엄포를 놓는다. 아내는 사창가보다 차라리 물산장려회에 팔아달라며 한 술 더 뜨고 있다.

아내는 여성을 '밴댕이나 메루치가치 말려쥑이'려는 남성성의 잔인한 폭력과 횡포를 은근히 꼬집고 풍자한다. 아내의 무기는 냉소적인 반어법이다.

남성은 자신의 아내를 '안종다리 꼬부라진 요 체격'이라며 평

소 가사 노동과 생활의 중압감에 시달려 볼품없게 변해버린 외모를 가혹할 정도로 타박하며 질책한다. 자꾸만 말대꾸하며 일일이 딴죽을 거는 아내에게 남편은 외도를 두려워하기보다는 차라리 죽이고 길을 떠나겠다며 협박성 발언을 내뱉는다. 온갖 악다구니로 상대를 공격하던 부부는 어색한 마무리로 사랑의 결말을 맺는다. 아슬아슬한 위기 국면에서도 결국 한 발 물러서 타협하고 마는 여성의 현실을 반영한 결말로 보인다.

이렇듯 여성의 희생을 강요하는 현실에서 여성은 때로 자포자기의 국면으로 몰려 극단적 선택을 결행하기도 한다. 이런 현실을 비극적으로 드러낸 노래가 있다.

실존 인물을 모델로 하여, 1930년대의 구조적 모순과 그 단면을 가감 없이 보여주고 있는 독특한 대중가요 작품 〈봉자(峯子)의 노래〉이다.

사랑의 애닯흠을 죽음에 두리
모든 것 잇고 잇고 내 홀로 가리

사러서 당신 안해 못 될 것이면
죽어서 당신 안해 되어지리다

당신의 그 일홈을 목메여 찻고
또 한 번 당신 일홈 불르고 가네

당신의 구든 마음 내 알지마는
괴로운 사랑 속에 어이 살리요

내 사랑 한강물에 두고 가오니

천만년 한강물에 흘너 살리다

- 〈봉자의 노래〉

(유도순 작사, 이면상 작곡, 중야정길 편곡, 채규엽 노래) 전문

김봉자는 종로에 위치한 어느 카페에서 여급으로 일하던 중 경성제대 의학부를 졸업한 의사 노병운과 우연히 만나 사랑하게 되었다. 하지만 1930년대 당시는 카페 여급을 서양판 기생쯤으로 비하하던 때였다. 두 사람이 신분의 격차를 극복하고 사랑을 이루기에는 현실의 벽이 너무 높았다. 엎친 데 덮친 격으로 노병운은 이미 처자식이 있는 유부남이었다. 노병운이 아내 몰래 감행한 밀애는 결국 그의 아내가 이 사실을 알고 경찰서에 진정을 하면서 파국을 맞는다.

이룰 수 없는 사랑에 대한 절망과 불륜에 대한 죄책감까지 더해져 김봉자는 더 이상 견디지 못하고 한강에 투신하고 만다. 이 사실을 전해 들은 노병운 역시 자살한 연인이 투신한 바로 그 장소에서 김봉자의 뒤를 따르게 된다. 1933년 9월 발생한 이 사건은 이후 한 달 동안이나 장안의 언론 매체에 집중 보도될 정도로 세간의 화제를 몰고 왔다.

사건 당사자 이름을 그대로 차용한 가요 〈봉자의 노래〉는 사건이 일어난 지 불과 석 달이 지난 1934년 1월 콜롬비아레코드에서 발매되었다. 짤막하게 5절까지 이어지는 가사는 비극으로 막을 내리고 만 미완의 사랑을 절절한 모노드라마처럼 노래하고 있다. 이 작품에 이어 1934년 2월에 같은 회사에서 〈병운의 노래〉를 발매함으로써 한 쌍의 가요곡으로 완성되었다.

이처럼 자포자기와 수동적 여성을 노래하는 가요 작품은 이후에도 지속적으로 발표되었다. 이애리수가 노래한 〈밤의 서울〉도

카페 여급의 기구한 삶을 다룬 작품이다.

사랑아 춤을 추자 밤만 새면 남이다
술 붓는 무명지에 빗나 있는 이 반지
주인이 밧고 이기 이제 발서 몇 번째
속이고 속아 사는 한 세상 사리

　　　　－〈밤의 서울〉(염구정팔 작곡, 이애리수 노래) 부분

이러한 설정은 〈잇지를 마오〉, 〈사랑에 속고 돈에 울고〉에
도 공통적으로 제시되고 있다.

거리에 핀 꽃이라 함부로 꺾는
낭군의 짓궂임을 잇지를 마오
바람은 한번 불면 낙화만 설고
낭군의 맹세에는 내일이 없네

　　　　－〈잇지를 마오〉(이고범 작사, 남궁선 노래) 부분

거리에 핀 꽃이라 푸대접 마오
마음은 푸른 하늘 흰 구름 같소
짓궂은 비바람에 고달퍼 우다
사랑에 속았다오 돈에 울었소

　　　　　　　　－〈사랑에 속고 돈에 울고〉
　　　　(이고범 작시, 김준영 작곡, 남일연 노래) 부분

작사가 이고범은 1930년대 대중문화 운동에도 깊이 참여해 온 극작가 이서구(1899~1981)의 필명이다. 두 작품에 작가가 선호하는 표현과 어법이 반복 사용되었음을 알 수 있다.

이처럼 화류계 여성을 중심 화자로 내세워 여성의 열악한 현실을 부각시키는 창작 경향은 해방 이후에도 고스란히 반복되고 있는 것이다.

(14) 울릉도 타령(작사·작곡 미상, 조미미 노래, 1973)

에야노 야노야 에야노 야노야
어기여차 똑딱선을 타고서
창파 만 리 가물대는 등대를 따라
동백꽃 피고 지는 울릉도로 가면
나풀나풀 해녀들의 둥굴박이 얄궂다네
에야노 야노야 에야노 야노야

에야노 야노야 에야노 야노야
어기여차 뱃노래를 부르며
창해 만 리 저 바다에 어망을 던져
천문동 꿈을 꾸는 을릉도로 가면
고기잡이 선부들의 뱃노래가 흥겹다네
에이야노 야노야 에야노 야노야

울릉도의 풍물과 경관을 소박하게 표현한 작품이다. 각각 6행으로 채운 2절 구성이지만, 어딘지 단조로운 느낌이다. 똑딱선, 등대, 동백꽃, 물질하는 해녀들, 뱃노래, 어망, 천문동 등 다양한 소도구를 활용하고 있지만, 상투적인 어휘의 나열처럼 보인다. 그래서인지 울릉도만의 특색을 살리지 못하고 있다. 작사, 작곡자도 명시하지 않은 터라 무성의한 느낌을 지울 수 없다.

울릉도 테마곡들에 등장하는 여성적 표상은 지나치게 왜곡 편향된 관점으로 고정되어버린 것 같기도 하다. 이는 한국의 근대 대중가요에 노골적으로 드러나는 노골적 여성 비하와 유린, 편견과도 관련되어 있을 것이다. 여성성은 대개 가부장적 사고와 봉건적 관점에 의한 부산물로 등장한다.

이러한 관점의 배경에는 여성이 남성에 비해 생리적으로 열등한 존재이며, 결코 남성을 능가할 수 없다는 우월감이 자리하고 있다. 여성성에 대한 지나친 편견과 비뚤어진 시각이 뚜렷하게 나타난다. 특정 여성의 게으른 생활 습관, 보기 흉하고 못생긴 외모를 꼬집어서 따갑게 지적하는 가히 범죄적인 폭력을 자행하기까지 한다.

외모에 대한 지적은 여성의 자존심에 치명적 상처를 주고, 극심한 모욕감을 촉발한다. 여성성에 대한 왜곡을 넘어 성폭력에 해당하는 표현들이 수두룩하다. 이러한 사례는 다음 노래들의 가사에서 집중적으로 드러나고 있다. 장난기 어린 표현이라 할지라도, 지나치게 과격하고 상식적 범위를 초월한다는 느낌도 든다.

ⅰ) 라라 라라 라라 라라
한산골에 양주가 사네
그 령감은 밭을 갈고
그 마누라 낮잠만 자니
그 집이야 큰 걱정 났네 (후렴)
라라 라라 라라 라라
그 살림이 망해간다

라라 라라 라라 라라
참 그 집은 망해간다

    –〈낮잠 자는 마누라〉(연희전문사중창단 노래) 부분

ii) 저편에 가는 아가씨 좀 봐
주걱상 납작코 절름바리 꼴불견
그래 봬도 몸맵시만은 멋쟁이다 하…
사랑을 찾아서 헤맨다

이편에 오는 아가씨 좀 봐
조리상 들창코 안종다리 꼴불견
그래 봬도 스타일만은 모던이다 하…
사랑을 찾아서 헤맨다

내 앞에 오는 아가씨 좀 봐
말상에 주먹코 덧니백이 꼴불견
그래도 그 체격만은 하이카라 하…
사랑을 찾아서 헤맨다

    –〈거리의 신풍경〉(박루월 시, 이용준 곡, 강남주 노래) 전문

iii) 그 찻집 아가씨는 **곰보딱지**
그래도 마음만은 비단 같애
나만 보면 싱긋생긋 어쩔 줄을 모른답니다요
아이구 좋다 아이구 좋아

그 찻집 아가씨는 **장아찌 코**
그래도 입술만은 앵두 같애
나만 보면 해쭉해쭉 어쩔 줄을 모른답니다요
아이구 좋다 아이구 좋아

그 찻집 아가씨는 **뚝배기 턱**
그래도 목소리는 간드러져
나만 보면 들락날락 어쩔 줄을 모른답니다요
아이구 좋다 아이구 좋아

그 찻집 아가씨는 **난간 이마**
그래도 두 뺨만은 홍시 같애
나만 보면 벙글벙글 어쩔 줄을 모른답니다요
아이구 좋다 아이구 좋아

−⟨찻집 아가씨⟩
(박영호 작사, 이용준 작곡, 인목타희웅 편곡, 박향림 노래)
전문

ⅰ)은 1930년대 연희전문사중창단이 노래한 ⟨낮잠 자는 마누라⟩이다. 미국 작곡가 카레의 곡을 번안해 가사만 바꿔 새로 취입한 가요로 추정된다.

한산골이란 마을에 거주하는 부부가 있는데, 아내가 게으른 탓에 결국 패망해간다는 내용을 담고 있다. 남성은 근면 성실하지만 여성은 천성적으로 무능하고 나태하며, 고로 패가망신의 책임이 전적으로 여성에게 있다는 상대적 대립 구도를 내세운다.

ⅱ)와 ⅲ)은 짙은 활자로 표시한 부분에서 확인할 수 있듯이 여성 신체의 결함이나 불구성을 꼬집어서 들춰낸다. ⅱ)는 만요(漫謠) 작품으로 발표되었는데, 여성의 얼굴을 '주걱상 납작코 절룸바리', '조리상', '들창코', '안종다리', '말상', '주먹코', '덧니백이', '곰보딱지', '장아찌코', '뚝배기턱', '난간이마' 따위의 꼴불견으로 묘사하고 있다. 그러다 후반부에서 그 여성들 모두 성격도 양순하고, 모던(modern)에 하이칼라에 멋쟁이들이라고 비꼬듯 추어올리는 반전 효과를 노리고 있다. 이러한 반전은 그러나 '비꼼'이나 '비아냥' 같은 뉘앙스를 풍긴다.

거리를 오가는 모던걸과 신여성을 비꼬듯 풍자하고, 각종 꼴불견의 사례를 위악적으로 나열하는 방식은 지나치게 경박해 보인다. 여성을 대상화하고 욕설에 가까운 언어유희를 남발하는 방식은 심한 혐오감과 함께 거부감마저 들게 하는 것이 사실이다.

(15) 독도는 우리 땅(박인호 작사·작곡, 정광태 노래, 1982)

울릉도 동남쪽 뱃길 따라 200리
외로운 섬 하나 새들의 고향
그 누가 아무리 자기네 땅이라 우겨도 독도는 우리 땅
경상북도 울릉군 울릉읍
독도리 동경132 북위37
평균기온 12도 강수량은 1,300 독도는 우리 땅
오징어 꼴뚜기 대구 명태 거북이
연어알 물새알 해녀대합실
17만 평방미터 우물 하나 분화구 독도는 우리 땅

지증왕 13년 섬나라 우산국

세종실록지리지 50페이지 셋째 줄

하와이는 미국 땅 대마도는 몰라도 독도는 우리 땅

러일전쟁 직후에 임자 없는 섬이라고

억지로 우기면 정말 곤란해

신라 장군 이사부 지하에서 웃는다 독도는 우리 땅

　1982년 발표된 이 노래는 독도 테마곡으로는 가장 먼저 발표된 가요이다. '독도 지킴이'의 상징으로 돋을새김 된 곡이기도 하다.

　이 곡의 작사가 박인호는 1954년 서울 출생으로 본명은 박문영이다. 대표곡으로 이 곡 외에 〈이상의 날개를 타고〉, 〈광개토대왕〉, 〈가난한 연인〉, 〈탈춤 노래〉, 〈아름다운 우리나라〉 등이 있다.

　〈독도는 우리 땅〉은 1982년 당시 대표적인 코미디 프로그램이었던 〈유머 1번지〉의 한 코너 '변방의 북소리'에서 임하룡, 장두석, 김정식, 정광태 등 4명이 처음 불렀던 곡이다. 당시 작사가 박인호는 KBS PD로 활동 중이었다. 이후 정식으로 음반 제작을 할 때 정광태 혼자서 녹음하여 그의 인생곡이 되었다.

　원래 개그맨으로 활동했던 가수 정광태는 1955년 경기도 평택 출생이다. 1974년 연극배우로서 첫 무대에 올랐고, 이듬해 뮤지컬 배우로 활동하기도 했다. 1981년 KBS 쇼 프로그램 〈젊음의 행진〉을 통해 코미디언으로 정식 데뷔했다.

　이 노래가 크게 히트하면서 개그맨 생활을 접고 일약 가수로서 스타덤에 올랐다. 이 노래 덕에 울릉군으로부터 독도 명예군수로 임명되기도 했다.

2001년 앨범 《아름다운 독도》를 발표했으며, 주요 대표곡으로 〈독도는 우리 땅〉, 〈도요새의 비밀〉, 〈짜라빠빠〉, 〈김치 주제가〉, 〈힘내라 힘〉, 〈코끼리 아저씨〉, 〈한국을 빛낸 100명의 위인들〉, 〈탈춤 노래〉, 〈독도로 날아간 호랑나비〉, 〈아름다운 독도〉, 〈악어 사냥〉, 〈큰 바위 작은 바위〉, 〈번쩍번쩍〉, 〈한심이〉 등이 있다.

정광태는 이 노래가 1983년 7월부터 11월까지 4개월 동안 일본 교과서 파동과 관련하여 사실상 방송 금지 상태였다고 주장한 바 있다. 하지만 외교통상부는 이 곡이 금지곡으로 지정된 적은 없다고 밝혔다.

이후 가수 정광태는 1998년 독도로 본적을 옮겼고, 전국으로 순회 강연을 다니는 등 독도 관련 홍보 대사로서 적극적으로 활동했다.

이 노래가 발표된 지 30년이 지나서, 일부 가사가 개사되었다.

1절 : 울릉도 동남쪽 뱃길 따라 87k(87km)
외로운 섬 하나 새들의 고향
그 누가 아무리 자기네 땅이라고 우겨도 독도는 우리 땅

2절 : 경상북도 울릉군 울릉읍 독도리
동경 132 북위 37
평균기온 13도 강수량은 1,800 독도는 우리 땅

3절 : 오징어 꼴뚜기 대구 홍합 따개비
주민 등록 최종덕, 이장 김성도
19만 평방미터 우편 사공이사공(40240) 독도는 우리 땅

4절 : 지증왕 13년 섬나라 우산국
세종실록지리지 강원도 울진현
하와이는 미국 땅 대마도는 조선 땅 독도는 우리 땅

5절 : 러일전쟁 직후에 임자 없는 섬이라고
억지로 우기면 정말 곤란해
신라장군 이사부 지하에서 웃는다 독도는 우리 땅 (한국 땅)

이 노래는 북한에서도 인기가 높은 것으로 알려졌다. 국가정
보원이 1999년 발표한 자료에 따르면 북한 주민이 즐겨 부르는
남한 가요 5곡 중 1곡이라 한다.

1996년 초등학교 교과서에 5절까지 가사가 실렸으며, 독도 노
래비가 건립되었다. 현재 정광태는 일본 입국이 금지되어 있다고
한다.

1996년 DJ DOC가 리메이크했고, 2005년에는 마야가 은지원
과 함께 록 음악으로 리메이크했다.

(16) 홀로 아리랑(한돌 작사·작곡, 서유석 노래, 1990)

저 멀리 동해 바다 외로운 섬
오늘도 거센 바람 불어오겠지
조그만 얼굴로 바람 맞으니
독도야 간밤에 잘 잤느냐
아리랑 아리랑 홀로 아리랑
아리랑 고개를 넘어가 보자
가다가 힘들면 쉬어 가더라도

손잡고 가 보자 같이 가 보자

금강산 맑은 물은 동해로 흐르고
설악산 맑은 물도 동해 가는데
우리네 마음들은 어디로 가는가
언제쯤 우리는 하나가 될까
아리랑 아리랑 홀로 아리랑
아리랑 고개를 넘어가 보자
가다가 힘들면 쉬어 가더라도
손잡고 가 보자 같이 가 보자

백두산 두만강에서 배 타고 떠나라
한라산 제주에서 배 타고 간다
가다가 홀로 섬에 닻을 내리고
떠오르는 아침 해를 맞이해 보자
아리랑 아리랑 홀로 아리랑
아리랑 고개를 넘어가 보자
가다가 힘들면 쉬어 가더라도
손잡고 가 보자 같이 가 보자

이 곡 역시 독도 테마곡으로 널리 알려진 가요이다. 북한 인
민들도 즐겨 부르며, 예로부터 북한에서 전해져 내려온 노래로
알고 있는 경우가 많다고 한다.

이 곡을 만든 한돌은 1953년 경남 거제에서 출생했고 본명은
이흥건이다. '작은 돌의 역할이라도 하자'는 뜻을 지닌 순우리말
로 예명을 삼았다.

한돌은 함경도 피난민의 아들로 알려졌다. 부모는 북한에 어린 두 아들과 딸 하나를 남겨둔 채 6·25전쟁 때 거제도로 피난을 왔다가 영영 돌아가지 못했다. 한돌은 고향 잃은 부모의 한을 지켜보며 자랐다. 북에 있는 가족을 보기 위해 이산가족 상봉 신청을 했느냐는 질문에 그는 뜻밖의 대답을 내놨다.

"당연히 하고 싶었죠. 아버지가 세상을 떠날 때 '통일이 되어 북에 있는 네 두 형과 누나를 만나거든 내가 버린 게 아니라는 것을 꼭 말해다오'라고 유언을 남겼습니다. 하지만 할 수 없었습니다. 저보다 훨씬 나이 많으신 분들이 줄 서서 기다리고 있는데 차마 신청할 수 없더라고요. 왠지 '새치기'하는 것 같아 마음이 불편했어요. 제가 마지막 전후 세대인데 제 앞에 얼마나 많은 사람이 기다리고 있겠어요. 결국 적십자사 앞까지 갔다가 발길을 돌렸어요."

한돌은 1976년 언더그라운드 라이브 클럽에서 포크 가수로 무대에 올랐으며 3년 뒤인 1979년 정식으로 데뷔했다. 대표곡으로 〈유리벽〉, 〈개똥벌레〉, 〈터〉, 〈홀로 아리랑〉 등이 있다.

가수 조용필은 2005년 평양 공연에서 마지막 곡으로 이 곡을 불렀다. 조용필의 회고에 따르면, 애초에 공연이 기획될 당시에는 예정에 없던 곡이었는데 북한 측의 요청으로 추가 레퍼토리로 넣었다고 한다. 아리랑 선율은 물론 독도와 통일 등 남북 모두 공감할 수 있는 가사 때문일 것이다.

북에서 전해 내려온 노래로 잘못 알고 있는 사람들이 많은 탓에 이런 해프닝이 벌어지기도 했다. 조용필이 평양에 다녀온 후인 2009년 9월, 한돌이 사할린을 방문했을 때의 일이다.

한돌은 지인과 함께 홈스크 항으로 바다 구경을 나갔다가 우연히 김일성 배지를 달고 있는 두 사람을 만나 술잔을 나누게 되었다. 취흥이 오르자 북에서 온 사람 중 하나가 노래를 불렀다. 그런데 뜻밖에도 이 노래 〈홀로 아리랑〉을 부르는 게 아닌가. 한돌과 함께 있던 지인이 노래를 따라 부르자, 노래하던 사람이 노래를 멈추고 물었다.

"아니, 이 노래를 아시오?"

"그 노래를 이 분이 만드셨지요." 하고 지인이 한돌을 가리키자, 그가 말했다.

"아아, 그렇다면 〈홀로 아리랑〉이 남조선 사회에도 깊이 침투했군요?"

지인이 다시 말했다.

"아, 그게 아니라 이분이 그 노래를 만들었다니까요."

"아, 글쎄 농담 좀 그만하시라요. 그 노래는 우리 조국의 노래입네다."

"그럼 그 노래 만든 사람이 누굽니까?" 지인이 물었다.

"그거이 구전으로 내려오는 우리 조국의 민요입네다. 그 유명한 남조선 가수 조용필이도 평양에 와서 이 노래를 불렀드랬시오."

〈홀로 아리랑〉은 어느새 북조선의 구전 민요가 되어 있었다. 한돌은 감회에 젖은 어투로 이렇게 당시를 회고했다.

"그래도 나는 기분이 좋았다. 독도의 마음이 북녘땅에 전해졌다고 생각해서이다. 독도의 소원대로 내 나라가 하나가 된다면 구전 민요가 된들 어떠하리."

한돌의 말처럼 이 곡은 사실 통일에 대한 염원을 노래한 곡이기도 하다. 그는 이런 말을 남기기도 했다.

"제 노래 〈홀로 아리랑〉이 북쪽으로 날아갔다가 다시 남쪽으로 내려왔습니다. 노래가 사람보다 먼저 통일을 이뤄 기분이 좋았습니다. 이젠 하루빨리 '사람 통일'의 날이 와야죠."

지난 2017년 6월 강릉아트센터 무대에 오른 북한예술단이 열정적인 공연을 선보였다. 이선희의 〈J에게〉, 왁스의 〈여정〉, 심수봉의 〈남자는 배 여자는 항구〉, 혜은이의 〈당신은 모르실 거야〉, 최진희의 〈사랑의 미로〉 등 11곡을 선보였는데 그중 단연 눈길을 끈 곡은 〈홀로 아리랑〉이었다. 가수들이 "저 멀리 동해 바다 외로운 섬~ 오늘도 거센 바람 불어오겠지~ 조그만 얼굴로 바람 맞으니~ 독도야 간밤에 잘 잤느냐"라고 노래하는 모습을 지켜본 900여 명의 관객은 깊은 감동으로 눈물짓기도 했다.

이 곡을 부른 가수 서유석은 1945년 서울 출생이다. 1968년 언더그라운드 라이브 클럽에서 포크 가수로 데뷔했다. 대표곡으로 〈가는 세월〉, 〈아름다운 사람〉, 〈너 늙어봤냐 난 젊어봤단다〉, 〈타박네〉, 〈비야 비야〉, 〈석별의 정〉 등이 있다.

한돌은 이 곡을 직접 불러 취입하기도 했다. 필자도 2곡을 비교하듯 들어봤는데, 서유석의 노래가 더 가슴에 와 닿는다. 역시 자신의 전문 분야가 있다는 사실을 실감했다.

(17) 울릉도는 나의 천국(이장희 작사·작곡·노래, 2011)

세상살이 지치고 힘들어도
걱정 없네 사랑하는 사람 있으니
비바람이 내 인생에 휘몰아쳐도
걱정 없네 울릉도가 내겐 있으니
봄이 오면 나물 캐고 여름이면 고길 잡네
가을이면 별을 헤고 겨울이면 눈을 맞네
성인봉에 올라서서 독도를 바라보네

고래들이 뛰어노는 울릉도는 나의 천국
나 죽으면 울릉도에 보내주오
나 죽으면 울릉도에 묻어주오

봄이 오면 나물 캐고 여름이면 고길 잡네
가을이면 별을 헤고 겨울이면 눈을 맞네
성인봉에 올라서서 독도를 바라보네
고래들이 뛰어노는 울릉도는 나의 천국

나 죽으면 울릉도에 보내주오
나 죽으면 울릉도에 묻어주오
나 죽으면 울릉도에 보내주오
나 죽으면 울릉도에 묻어주오
나 죽으면 울릉도에 보내주오
나 죽으면 울릉도에 묻어주오

이 곡을 만들고 직접 부른 이장희는 1947년 경기도 오산에서 출생했다. 싱어송라이터, 음반 프로듀서, 밴드 리더, 기업가 등 다양한 이력을 거쳐온 음악인이다. 연세대 재학 중이던 1971년 DJ 이종환의 권유로 가요계에 데뷔했다. 대표곡은 〈겨울 이야기〉, 〈그건 너〉, 〈촛불을 켜세요〉, 〈한잔의 추억〉, 〈나 그대에게 모두 드리리〉, 〈자정이 훨씬 넘었네〉, 〈슬픔이여 안녕〉, 〈친구여〉, 〈내 마음을 채워주오〉, 〈그 애와 나랑은〉, 〈비의 나그네〉 등이 있다.

1988년 미국에서 귀국해 콘서트를 열기도 했으며, 1989년 로스앤젤레스의 한인 방송국인 라디오코리아를 설립, 운영했다. 2004년 미국에서 귀국해 울릉도에 터를 잡았고, 울릉도 북면 평리 송곳산 아래에 '울릉천국'을 조성했다. "미국에서 35년간 살면서 은퇴하면 알래스카나 하와이 가서 살려 했는데, 96년 첫 방문 때 그 풍광에 반해 여태까지 살고 있다"라고 말했다.

그는 한국 포크계의 개척자라 할 수 있다. 2011년 신곡 〈울릉도는 나의 천국〉을 발표해 남다른 울릉도 사랑을 보였다. 울릉천국 부지 일부를 울릉군에 기증하여 2018년 '울릉천국 아트센터'를 개관하기도 했다. 공연 및 문화 시설을 갖춘 아트센터에는 이장희 본인이 살고 있는 집과 더불어 조영남 등 친구들의 사인이 담긴 바위, 울릉도를 대표하는 코끼리바위, 송곳봉 등의 절경을 함께 감상할 수 있어 관광객들이 즐겨 찾는 관광 코스 중 하나다.

아트센터는 지난 2016년 경상북도와 울릉군이 70억 원을 들여 울릉군 현포리 일대 부지에 지상 4층 규모로 완공했다. 이장희 자신이 직접 운영과 공연에 참여하기로 결정하면서 개관식에 이르게 되었다. 이곳에 자신의 상설 공연 무대를 마련하고, '쎄시봉' 멤버 등 다양한 뮤지션들이 공연을 펼치고 있다. 자신이 보유한 음악 자료들을 아트센터에 기증 또는 임대하고 있다.

5. 경주의 노래

(1) 마의태자(이은상 작사, 안기영 작곡·노래, 1931, 콜럼비아 40160)

그 나라 망하니 베옷을 감으시고
그 영화 버리니 풀뿌리 맛보셨네
애닯다 우리 태자 그 마음 뉘 알꼬

풍악산 험한 골에 한 품은 그 자취
지나는 길손마다 눈물을 지우네

태자성 옛터엔 새들이 지저귀고
거하신 궁들은 터조차 모르도다
설워라 우리 태자 어데로 가신고
황천강 깊은 물에 뿌리신 눈물만
곱곱이 여울 되어 만고에 흐르네

　마의태자는 신라 마지막 왕 56대 경순왕의 태자이다. 후백제
견훤과 고려 왕건의 세력에 눌려 더 이상 국가를 보전할 수 없
다고 판단하고 천년 사직을 고려에 바쳐버린 왕. 그런 경순왕에
게 '망국의 한'이 남아 있었을까? 경순왕은 자신을 따르는 귀족
들을 거느리고 고려의 수도인 개성으로 떠나 스스로 왕건의 신
하가 되기를 청했다. 이후 태조 왕건의 딸과 결혼하고 고려인으
로서 영화를 누린다. 그런 부왕(父王)의 선택에 동조했다면 마
의태자도 충분히 왕족의 지위와 안락한 삶을 보장받을 수 있었
을 것이다. 그러나 태자의 선택은 전혀 달랐다. 부왕의 선택에
반기를 들고, 왕족으로서 누려온 모든 삶의 조건을 포기하고 깊
은 산속으로 들어가 초근목피로 연명하다 생을 마쳤다.
　두 사람의 엇갈린 선택은 논란의 여지를 남겼다. 독자 여러
분은 어떤 선택에 더 공감이 가는가? 당시의 세력 다툼 과정을
살펴보면, 경순왕의 결심도 어쩔 수 없는 선택이었음을 알 수
있다.
　경순왕이 왕위에 오르기 전인 927년, 후백제의 견훤이 신라
의 수도 경주를 습격한다. 포석정에서 연회를 즐기던 신라 제
55대 경애왕은 제대로 대응 한 번 못해보고 스스로 목숨을 끊
는다. 그렇게 신라를 집어삼킨 견훤은 직접 왕위에 오르지는 않

고 새로운 후계자를 그 자리에 앉히는데 그가 바로 경순왕이었다. 당시 신라는 내리 3대째 박 씨(氏)계 인물이 왕위를 이어왔는데 김 씨인 경순왕(본명 김부)이 뜻밖에 왕이 된 것이다.

이후 3년이 지난 930년 무렵 이번에는 고려가 한반도의 최강자로 떠오른다. 경순왕은 태조 왕건을 초청해 3개월간 신라에 머물러 달라고 요청한다. 왕건의 환심을 사서 국가의 안위를 보장받으려는 의도였다. 경순왕의 청을 받아들인 왕건은 3개월간 신라에 머물며 신라인들의 민심을 사로잡는 데 성공한다. 왕건은 후백제의 견훤과는 판이한 통치술을 지닌 지배자였던 것이다.

신라의 백성들은 "견훤이 왔을 때는 승냥이와 호랑이를 만난 것 같았는데, 왕공(王公)이 오니 부모를 만난 것 같다"라며 왕건을 칭송했다고 한다. 이를 계기로 고려와 화친을 유지하며 경제적, 군사적으로도 고려에 크게 의존하게 되었다. 어찌 보면 자연스럽게 흘러간 망국의 길이었던 셈이다.

경순왕이 판단하기에 신라는 독자적으로 생존할 수 있는 가능성이 없었다. 자신에게는 건사할 백성도, 영토도 제대로 남아 있지 않았다. 그에게 남은 선택은 태조 왕건에게 귀부(歸附)하는 수밖에 다른 도리가 없었다. 그래야만 얼마 남지도 않은 귀족 세력과 백성들의 목숨을 지킬 수 있다는, 극히 현실적인 판단이었다.

경순왕이 현실주의자였다면, 마의태자는 대의명분을 중시하는 인물이었던 것 같다. 『삼국사기』에는 마의태자가 피를 토하는 심정으로 부왕에게 호소하는 장면이 기록되어 있다.

"나라의 존속과 멸망은 반드시 하늘의 운명에 달려 있으니, 어찌 천년 사직을 하루아침에 남에게 줄 수 있겠습니까?"

아버지 경순왕의 선택을 되돌리지 못한 태자는 통곡하며 개골산(皆骨山), 즉 금강산에 들어가 마의(삼베옷)를 입고 초근목피로 연명하다 생을 마친다. '마의태자'라는 명칭도 그가 삼베옷을 입고 일생을 보냈다는 데서 유래했다.

현실을 직시한 경순왕의 선택과 대의명분을 좇았던 마의태자의 결기 어린 선택, 어느 쪽이 더 현명한 판단이었을까? 선뜻 어느 한쪽의 손을 들어주기 어려운 난감한 딜레마다. 마의태자의 심정을 대변하는 듯한 노래가 다수 발표된 것을 보면, 대중은 마의태자의 결기 어린 선택에 더 마음이 이끌렸던 게 아닐까 싶다.

신라 멸망과 함께 이후 마의태자의 공식적인 행적은 어디에도 없다. 강원도 인제 부근에서 마의태자에 대한 행적을 짐작하게 하는 사연이 지명과 함께 전해지고 있을 뿐이다.

인제에는 마의태자가 의병을 일으켜 신라 재건을 도모했다는 맹개골, 의병 활동에 필요한 군량미를 모아 두었다고 해서 이름 붙여진 군량리, 국권 회복에 대한 의지가 담긴 다무리까지, 마의태자의 행적을 말해주는 지역명이 존재하고 있다. 하지만 마의태자가 실제로 신라 부흥 운동을 주도했는지는 분명하지 않다. 그럼에도 이런 흔적이 남아 있는 걸 보면, 그가 '천년의 사직'을 이어온 신라의 마지막 자존심과 명예를 지키려고 노력했음은 분명해 보인다. .

이 곡의 작사자 이은상은 시조 시인이다. 1903년 경남 마산에서 출생, 마산의 창신학교를 졸업하고 연희전문을 다니다가 일본 유학을 떠나 와세다대학을 잠시 다녔다. 귀국 후에는 이화여전 교수, 동아일보 기자, 잡지 편집인, 조선일보 주간 등을 지냈다. 1942년 조선어학회 사건에 연루되어 구금되었다가 곧

풀려나기도 했다 1924년 잡지 『조선문단』을 통해 시, 수필, 평론 등을 다수 발표하다가, 1926년 후반 시조부흥론이 제기되기 시작하자 시조를 쓰기 시작했다.

1932년 『노산시조집』을 발간했다. 이은상의 작품 세계는 테마별로 향수, 감상, 무상, 자연 예찬 등으로 나뉜다. 〈고향 생각〉, 〈가고파〉, 〈성불사의 밤〉 등은 쉽고 감미로운 서정성이 바탕이 되어 가곡으로 작곡되어 대중의 애창곡이 되었다. 8·15 해방 이후 이은상의 문학적 관심은 국토 예찬, 조국 분단의 아픔, 통일에 대한 염원, 우국지사들에 대한 추모 등의 테마로 옮겨갔다. 시조집 『푸른 하늘의 뜻은』, 『기원(祈願)』 등을 남겼으며, 1982년 세상을 떠났다.

이 노래를 작곡하고 직접 노래한 안기영은 1900년 충남 청양 출생이다. 독실한 기독교 가정에서 성장하면서 어릴 때부터 교회에서 음악을 익혔다. 15세 때 배재학당에서 악보 읽는 법과 풍금, 코르넷 연주법을 배우면서 음악에 정식으로 입문했다. 당시 배재학당 음악 교사였던 김인식, 이상준의 지도와 영향을 받았다고 전해진다.

1917년 연희전문학교 문과에 입학했으나 3·1운동 만세시위에 가담했다는 이유로 일본 경찰에 잡혔다가 풀려났다. 그 후 잠시 중국에 갔다가 1923년 귀국, 이화여전 조교를 지내며 이듬해에 가곡 〈내 고향을 리별하고〉를 녹음했다. 이는 한국인 최초의 테너 가수가 탄생했다는 점에서 각별한 의미를 지닌다. 이후 1926년 미국의 엘리슨화이트음악대학에서 공부하고 돌아와 1932년까지 이화여전 성악과 교수로 재직하면서 성악, 음악사, 음악 이론 등을 강의했다. 합창단 지도를 맡아 교내 발표 및 전국 순회 연주 활동을 겸하며 1931년 콜롬비아레코드에서

민요 합창곡《안기영 작곡집》을 취입했다.

안기영은 우리 민족의 전래 민요에 대한 관심이 각별했다. 일제 말 〈콩쥐팥쥐〉, 〈견우직녀〉, 〈에밀레종〉 등 민요를 활용한 작품을 다수 창작했으며, 이는 향토가극으로 발전하는 계기가 되었다. 전국 순회 공연에서 합창곡으로 편곡하여 공연한 〈양산도〉, 〈방아 타령〉 등도 그의 대표작이다.

8·15해방 직후에는 좌파 계열에서 활동하며 조선음악건설본부의 성악부 위원장, 조선음악가동맹 부위원장 등을 역임했다. 6·25전쟁 직전 아내 김현순과 월북한 뒤 평양음악무용대학 교수로 있다가 1980년 사망했다. 주요 작품으로 가곡 〈그리운 강남〉, 〈이별의 노래〉와 해방가요 〈해방 전사의 노래〉 등을 꼽을 수 있다.

안기영은 요란한 애정 행각으로 많은 화제를 낳으며 비판의 도마 위에 오르기도 했다.

1936년 4월 3일자 조선일보는 '금단의 과실을 딴' 안기영, 김현순 양인의 '눈물로 반죽한' 고백기가 『조광(朝光)』 4월 호에 실린다고 예고했다. 이 지면은 조선일보 출판부에서 발행하는 『조광』과 『여성(女性)』의 전면 광고란이었다.

1933년 봄, 이화여전 음악 교수인 안기영은 제자인 소프라노 김현순과 함께 해외로 사랑의 도피 행각을 벌였다. 이때 안기영은 신여성 아내와의 사이에 1남 2녀를 둔 가장이었다. 두 사람의 외도가 즉각 세간의 화제로 떠오를 수밖에 없는 요인이다.

안기영은 "한 번 스테이지에 오르면 여러 남녀의 혼백을 미치게 하던 조선 악단의 명성"이라는 칭송을 얻었던 테너 가수였다. 김현순 또한 촉망받는 젊은 음악도로 신문지상을 오르

내리는 유명인이었다. 언론이나 대중의 관심이 파파라치처럼 따라붙기에 딱 좋은 조합이다.

당시 조선일보는 두 사람의 애정 행각을 중계라도 하듯 보도했다. 1933년 7월 19일자 신문은 "사랑의 순례를 떠난 두 사람의 목적지는… 동양의 국제적 도시, '로만쓰의 도시' 상해에서 최후의 항구를 발견하였다"며 두 사람의 행적을 낱낱이 보도하고 있다. 두 사람의 도피는 4년 동안 지속됐는데, 잠시 가라앉았던 관심은 그들이 딸을 낳아 고국으로 돌아오자 다시 부풀어 올랐다.

두 사람의 행각은 거침없이 당당했다. 귀국해서 '귀국 독창회'를 열겠다는 선언까지 했으니 말이다. 그러나 대중의 반응은 싸늘했다. 독창회 소식에 이화여전과 기독교단을 필두로 장안의 여론이 들끓어 올랐다. 여론을 의식한 경찰은 공연 하루 전 '공연 불가'를 통보했다.

조선일보는 1936년 4월 12일부터 4회 연속으로 시리즈 기사를 내보냈다. 첫 회 기사 제목은 '노래 잃은 카나리아, 안기영, 김현순'이었다. 첫 기사부터 비난 일색이었다. "무대에서 실격된 도색가인(桃色歌人)"이라며 안기영을 '도색한'으로 단정했다. 13일자 사설에서도 가차 없는 비판이 이어졌다. "자기가 가르치던 여생도를 유인하야 고비원주(高飛遠走, 멀리 달아나 종적을 감춤)한 자"라고 성토하며 도덕의 퇴폐를 꼬집은 것이다.

시리즈 기사에 따르면 안기영과 그의 첫 아내 이성규는 대학 시절부터 열렬한 러브레터를 교환하다 6년 만에 결혼했다. 두 사람의 연애 이야기는 잡지 『별건곤』에 "부부의 굿고 아름다운 로맨쓰"로 소개될 정도였고, "영원히 변치 않을 애정"으로 축복받은 관계였다. 결혼 후 안기영은 미국으로 유학을 떠났고, 아내는 교사로 일하며 남편의 유학 빚을 갚아가며 아이들을 키웠다. 류머티즘에 걸려 눕는 날이 많았을 정도로 고생이 심했다고 한다. 그럼에도 유학에서 금의환향한 안기영은 나이 어린 제자에게 눈이 멀고 말았다.

이후 안기영의 예술적 행로도 몰락으로 접어들었다. 이전에 무대에 설 때마다 대서특필되었던 그의 동정은 더 이상 찾아볼 수 없었다. 그는 결국 '병든 아내를 버렸다'는 비난과 냉대 속에 묻혀 살다가 6·25전쟁 때 월북했다고 전해진다.

(2) 마의태자(유도순 작사, 김준영 작곡, 미스코리아 노래, 콜럼비아 40530, 1934)

풀 옷을 몸에 감고 금강에 해 지우니
망군대 바윗돌에 새긴 뜻 한숨짓네

명경대 맑은 물에 손 씻고 일어나니
천 리 밖 경주성이 눈물에 어리운다

1931년 안기영의 〈마의태자〉가 발표되고 3년 만에 나온 마의태자 테마곡이다. 이처럼 한국 가요사에는 같은 제목으로 마의태자를 노래한 곡들이 다수 있다.

이 곡을 노래한 미스코리아의 본명은 김추월이다. 일제 말에는 모란봉이라는 예명을 쓰기도 했다. 평양 기성 권번 출신으로 알려졌으며, 왕수복, 선우일선처럼 기생 활동을 하다가 가수로 발탁되었다. 기생 출신 가수들은 얼굴을 드러내지 않고 '복면가수'로 활동하는 경우가 꽤 있었다. 미스리갈(장옥조)도 그랬고,

김추월도 마찬가지였다. '미스코리아'라고 쓴 안대로 눈을 가리고 찍은 사진을 공개해서 뭇 가요 팬들의 궁금증을 유발하기도 했다.

마의태자 설화는 대중의 심금을 울리고 연민을 자아내는 매우 유용한 소재였다. 나라가 고려에 넘어가고, 마의태자는 고려인이 되는 걸 거부하고 금강산에서 은거했다는 얘기는 『삼국사기』와 『삼국유사』에 기록되어 있다. 이외에는 그 어디에도 기록이 남아 있지 않다. 다만 마의태자가 은거했다는 금강산 주변 지역에 마의태자 관련 설화가 전해지고 있다. 비로봉 바로 아래에 마의태자 무덤이라 전하는 능이 있는데, 그곳에 '신라마의태자릉(新羅麻衣太子陵)'이라고 새겨진 비석이 세워져 있다. 무덤 옆에는 마의태자가 타고 다니던 용마(龍馬)가 변해 돌이 되었다는 전설이 깃든 용마석(龍馬石)도 있다. 그리고 주변 마을들에 마의태자와 관련된 지명들이 남아 있다. 실제 역사적 사실이라고 믿기 힘든, 전설 같은 얘기들이다. 어쩌면 마의태자에 대한 대중의 연민과 동정이 그런 설화를 지어내 구전으로 전승시켰을 거라고 짐작해본다.

마의태자라는 역사적 인물이 대중에 본격적으로 알려지게 된 것은 1926년 5월부터 이듬해 1월까지 춘원 이광수가 동아일보에 연재했던 소설 때문이다. 그로부터 10년 뒤인 1937년에는 극작가 유치진이 동아일보 희곡 「마의태자」를 연재하여 다시 한번 신문 독자들의 관심을 끌었다.

미스코리아가 부른 〈마의태자〉가 발표된 해는 1934년, 유치진의 희곡보다 먼저 나온 것이다. 미스코리아가 애절한 목소리로 노래한 이 곡은 JODK, 즉 경성방송국 전파를 타고 일본 전역으로 방송되기도 했다. 나라 잃은 시기, 마의태자 설화를 바탕으로 엮은 〈마의태자〉는 은근히 망국의 슬픔과 서러움을 불러일으키는 효과로 작용하기도 했다.

(3) 경주 나그네(작사·작곡 미상, 이규남 노래, 1942)

초금에 마음 싣고 꽃을 꺾으며
반월성 넘어가는 경주 나그네
가는 봄 오는 봄아 말 물어보자
첨성대 추녀 끝에 별이 몇 개냐

서형산 바라보며 회파람 불고
안압지 돌고 도는 경주 나그네
풀 캐는 아가씨야 말 물어보자
화랑이 풍류하던 곳이 어데냐

개왓장 하나 집어 품에 안고서
풀피리 불고 가는 경주 나그네
에밀레종 소리야 말 물어보자
포석정 띄운 잔이 몇 잔이더냐

환동해권에 속하는 여러 지역 가운데 경주를 배경으로 한 대중가요도 상당히 많은 편이다. 나라의 주권이 일본에 강탈당한 시절이라, 망국의 한을 곱씹었을 마의태자 이야기가 은근히 대중들의 정서에 호소력을 지녔을 것임에 틀림없다.
이 곡은 1942년 8월 콜럼비아레코드에서 발매된 이규남의 노래로, 반월성, 첨성대, 서형산, 안압지, 에밀레종, 포석정 등 경주의 유적·유물들이 다양하고 광범위하게 노랫말에 수용되어 있다.

어느 봄날, 화자가 경주의 여러 유적지를 답사하며 역사의 의미와 본질에 대해 궁금증을 제시하는 화법으로 노래를 엮어 가고 있다. 이 곡의 작사·작곡자는 정확히 밝혀져 있지 않다. 다만 이 노래가 수록된 SP 음반의 다른 쪽 면의 노래가 이가실 작사, 이운정 작곡의 〈남부여 아가씨〉인 것을 보면, 작사는 조명암, 작곡은 이운정이 담당했을 것으로 조심스럽게 추정해볼 뿐이다.

가수 이규남에 대해서는 남아 있는 자료가 별로 없다. 무슨 연고인지 모르게 이규남이 남북 분단 시기에 북으로 납치되어 끌려간 탓이다. 처음엔 월북한 것으로 잘못 알려져 있다가, 유족들의 증언과 당시 정황에 의해 납북으로 밝혀진 것은 그나마 다행한 일이다.

이규남은 1910년 충남 연기군 남면 월산리에서 출생했다. 본명은 임헌익이었고, 처음에 본명으로 음반을 발표하다가 이후 본격적 활동을 펼치면서 예명으로 이규남을 쓰게 되었다. 한때 윤건혁이란 예명을 쓰기도 했으니 3가지 예명을 썼던 것으로 확인된다. 이 때문에 자료에 나타나는 3가지 이름을 이따금 혼동하는 경우가 발생하기도 한다. 어떤 자료에서는 임헌익의 본명을 윤건혁으로 잘못 소개하기도 했다.

일찍이 서울로 올라가 휘문고보를 졸업하고 1930년 일본의 도쿄음악학교 피아노과에 입학할 정도로 가정 환경은 비교적 유복했던 듯하다. 그가 일본에 유학한 지 3년째 되던 해, 가세가 기울기 시작하여 일시 집으로 돌아오게 된다. 유학 시절부터 성악에 깊은 관심을 갖게 된 그는 서울에 머물며 맹렬한 연습을 했다.

1932년 일본의 콜럼비아레코드에서 발매한 음반을 통해 몇 곡의 노래를 본명으로 취입했다. 당시 그의 노래들은 대개 서양풍의 세미클래식한 분위기였다. 1933년에도 왈츠풍의 〈봄 노래〉를 비롯하여 〈어린 신랑〉, 〈깡깡 박사〉, 〈빛나는 강산〉 등과 신민요 풍의 노래를 계속 발표한다. 그러면서 임헌익은 대중음악이 지닌 보편성과 고유의 가치에 대해 새로운 깨달음을 갖게 되었다. 그러나 가슴속에 여전히 남아 있는 성악에 대한 열망을 억제하지 못하고 다시 일본 유학길에 오르게 된다. 일본에 가서는 바리톤 분야에서 성악을 수련했다.

이때 일본의 콜럼비아레코드 본사에서는 임헌익의 음악적 재주를 남달리 주목하고 음반 취입을 권유했다. 경제적으로 곤궁한 처지였던 그는 이를 즉시 수락하고 〈북국의 저녁〉, 〈선유가〉, 〈황혼을 맞는 농촌〉, 〈찾노라 그대여〉 등이 수록된 2장의 SP 음반을 발표했다. 가수 임헌익의 존재가 자연스럽게 식민지 조선의 대중음악계에도 알려지기 시작했다.

1935년 7월 초순, 일본에 유학 중이던 성악가 세 사람이 조선일보가 주최한 음악회에 초청을 받아 출연하게 되는데, 임헌익도 김안라, 김영일, 장비 등과 함께 무대에 올랐다. 임헌익의 일본 데뷔 사실을 알고 있었던 서울의 빅타레코드에서는 작곡가 전수린을 앞세워 그와 전속 계약을 맺는다. 이를 계기로 임헌익은 아예 서울에 머물며 빅타레코드 전속 가수로서 새로운 출발을 하게 되었다.

1936년은 임헌익이 윤건혁이란 예명을 잠시 쓰다가 이규남이라는 이름으로 본격적인 데뷔를 했던 해이다. 성악을 정통이라 여기며 대중음악을 경시하는 풍조가 있었는데, 이규남도 그러한 편견을 오랜 기간 지니고 있다가 마침내 대중음악으로 방향을 수정한 것이다. 물론 경제적 이유도 있었겠지만, '유행가'라는 장르에 대한 식민지 대중들의 뜨거운 반응을 확인하고 그런 결정을 내렸을 거라고 짐작해본다. 그가 숱한 예명을 쓰게된 것도 성악가로서 대중 가수로 돌아서기까지 겪었을 갈등이 영향을 미쳤을 것이다.

이후 이규남은 1936년 한 해 동안 무려 19곡의 가요 작품을 발표한다. 데뷔곡 〈고달픈 신세〉를 비롯하여 〈봄비 오는 밤〉, 〈나그네 사랑〉, 〈봄 노래〉, 〈가오리〉, 〈내가 만일 여자라면〉, 〈명랑한 하늘 아래〉, 〈주점의 룸바〉, 〈한숨〉, 〈아랫마을 탄실이〉, 〈사막의 려인(旅人)〉, 〈골목의 오전 일곱 시〉 등이 그가 1936년 발표한 주요 곡들이다. 이 노래들을 작사한 이들은 강남월, 고마부, 전우영, 홍희명, 고파영, 김팔련, 김벽호, 김포몽, 이부풍, 박화산, 김성집, 김익균, 이가실 등이었다. 작곡은 대부분 전수린과 나소운이 맡았다. 천일석, 김저석, 이기영, 임명학, 이면상, 문호월, 석일송 등도 함께 활동했던 작곡가들이다.

이규남의 노래들 가운데 〈골목의 오전 일곱 시〉를 눈여겨볼 필요가 있을 듯하다. 이 노래는 1930년대 후반 서울의 오전 골목길 풍경을 실감나게 그리고 있다. 두부 장수, 새우젓 장수, 콩나물 장수가 번갈아가며 오고가는 골목에는 서민들의 눅진한 삶이 그대로 묻어난다. "두부 사려!", "새우젓 사려!", "콩나물 사려!" 하고 외치는 골목 상인들의 목소리가 들려오는 곡이다.

유명 작곡가 홍난파는 대중음악 작품을 발표할 때 나소운이라는 예명을 사용했다. 그가 이규남의 노래에 특별히 다수의 작곡을 맡은 까닭은 홍난파가 서양 음악을 전공했던 후배 이규남을 특별히 아끼고 사랑했기 때문이다. 빅타레코드에서 이규남과 함께 듀엣으로 취입했던 여성 가수는 김복희였고, 박단마, 황금심, 조백조 등과도 남다른 친분을 가졌다.

이규남은 1937년에도 빅타에서 20곡 가량의 노래를 취입했다. 물론 대부분 유행가였고, 신민요 작품도 더러 있었다. 일본 본사에서는 이규남에 대한 미련을 여전히 지니고 있다가 그해 7월 〈미나미 구니오(南邦雄)〉라는 일본 이름으로 유행가 〈젊은 마도로스〉 등 몇 곡의 엔카를 발표하게 하는데, 이 작품은 일본 가요 팬들의 특별한 사랑을 받았다.

이규남은 1940년까지 빅타레코드에서 수십여 곡의 가요 작품을 발표했다. 한 가지 눈여겨볼 점은 이 시기에 이규남이 〈골목의 오전 일곱 시〉, 〈눅거리 음식점〉 등과 같은 만요(漫謠)를 발표했다는 점이다. 이는 이규남의 창법과 음색이 광범위한 보편성을 지녔음을 말해준다.

1941년 이규남은 콜럼비아레코드로 소속을 옮겨 불후의 명곡인 신가요 〈진주라 천리 길〉(이가실 작사, 이운정 작곡)을 발표한다.

이규남은 일제 말 전남 법성포에서 음악 교사로 활동했다. 호젓한 바닷가 마을에서 이규남 부부는 작은 삶의 여유나마 얻을 수 있었다. 그러나 이도 잠시, 6·25전쟁이 발발하면서 북으로 납치돼 북한 정권에 이용당하게 된다. 북한에서는 일단 내무성 예술단 소속으로 활동을 계속 이어갔다. 뿐만 아니라 작곡과 무대 예술 분야에서도 약간의 활동 흔적이 보인다. 북한에서 발간된 가요사 자료는 1974년에 이규남이 사망한 것으로 전하고 있다. 비록 남과 북은 갈라져 있지만 〈경주 나그네〉를 통해서 듣는 이규남의 애잔한 가락과 여운은 지금도 우리 귀에 가을바람처럼 남아 있다.

(4) 신라의 달밤(유호 작사, 박시춘 작곡, 현인 노래, 1947)

아 신라의 밤이여
불국사의 종소리 들리어온다
지나가는 나그네야 걸음을 멈추어라
고요한 달빛 어린 금오산 기슭에서
노래를 불러보자 신라의 밤 노래를

아 신라의 밤이여
화랑도의 추억이 새롭구나
푸른 강물 흐르건만 종소리는 끝이 없네
화려한 천년 사직 간 곳을 더듬으며
노래를 불러보자 신라의 밤 노래를

아 신라의 밤이여
아름다운 궁녀들 그리웁구나
대궐 뒤에 숲속에서 사랑을 맺었던가
님들의 치마 소리 귓속에 들으면서
노래를 불러보자 신라의 밤 노래를

8·15해방 직후인 1947년에 발표된 이 노래는 새로운 감각과
발랄한 생기가 돋보이는 작품이다. 필자는 이 노래와 관련하여
대구 오리엔트레코드 설립자였던 이병주 선생으로부터 놀라운
증언을 들을 수 있었다. 1950년대 초반 6·25전쟁 시기 3년 동

안 오리엔트레코드 문예부장을 지낸 박시춘 선생에게 직접 들은 이야기라고 했다.

8·15해방이 되고 서울의 문화계는 좌우 대립이 극심하였다. 좌파, 우파는 조직을 따로 만들어 각기 별도의 활동을 펼쳐가고 있었다. 모든 활동의 정점은 민족 문화 건설로, 좌우가 동일했다. 세상은 민족 국가 건설을 염두에 두고 희망과 부흥의 염원으로 가득 차 있었다. 하지만 미 군정 시절이라 근원적 제약이 있던 때였다.

어느 날 박시춘은 대중문화계 동료들과 술자리를 겸한 회합의 자리를 가졌는데, 그 자리에서 관심의 초점이 된 것은 현재의 대중가요가 너무도 느리고 구슬픈 단조 곡 위주라 해방 정국의 씩씩하고 우렁찬 대세에 부응하지 못하는 부분에 대한 안타까움의 토로였다. 식민지 시대 대중가요의 감성과 리듬으로는 대중의 감각과 기호를 사로잡을 수 없다는 점에 모두가 공감하는 분위기였다. 그래서 새로운 악곡을 만들고 그 악곡을 훌륭히 소화할 수 있는 적절한 가수를 찾아내자고 의기투합했다. 그렇게 해서 만든 악곡이 바로 〈신라의 달밤〉(유호 작사, 박시춘 작곡)이었다.

하지만 어떤 가수를 섭외할 것인가에 이르자 논의가 꽉 막히고 말았다. 당대 최고의 가수로 불리던 고복수, 남인수, 백년설의 비통한 음색과 창법으로는 이 곡의 장점을 제대로 살릴 수 없다고 판단했기 때문이다. 그들은 서울 시내 여러 술집, 특히 팝송과 샹송을 연주하는 나이트클럽을 두루 순회하며 새로운 가수를 물색했다. 그러다 어느 나이트클럽에서 매우 경쾌하고 발랄한 창법으로 노래하는 가수와 마주했다.

그의 이름은 현동주, 부산 영도 출신으로 일본에서 우에노음악학교를 졸업한 베이스바리톤 출신의 성악가였다. 일제 말에는 중국 상하이 밤무대에서 샹송을 부르며 생계를 이어갔다고 한다. 해방과 더불어 서울에 돌아와 다시 밤무대에서 샹송을 부르고 있던 중이었다.

박시춘은 즉각 현동주와 긴밀히 의논했다. 〈신라의 달밤〉 악보를 보여주며 취입을 제의했지만, 현동주는 난색을 표했다. 자신은 성악가로서 대중가요는 결코 취입할 수 없다는 것이었다. 하지만 박시춘은 가사를 일부 다듬고 수정하더라도 반드시 현동주의 목소리로 취입을 하고 싶다며 줄곧 설득했다. 예상보다 한층 많은 개런티를 지불하고 현동주를 섭외해서 마침내 녹음실로 데려갈 수 있었다.

〈신라의 달밤〉 원곡을 가만히 귀 기울여 들어보면 그야말로 경주의 밤하늘에 뜬 보름달과 그 아래 묵묵히 잠들어 있는 불국사, 석굴암, 다보탑, 첨성대, 반월성, 안압지 등의 유적지와 역사적 명소들이 잔잔히 응답하는 듯한 생동감을 갖게 된다. 뿐만 아니라 이런 귀한 민족사의 전통을 지니고 있는 전체 한국인들의 긍지와 자부심을 일깨우는 효과로도 작용한다. 현동주는 음반을 낼 때 본명 대신 현인이라는 예명을 썼다. 첫 대목부터 호방하고 우렁찬 창법과 음색으로 또박또박 발음하며, 과감하게 언어의 마디를 끊어서 진행하는 스타카토 방식의 가창에서 남성적 결기마저 느껴졌다.

잔잔할 때는 하염없이 섬세하고 잔잔하며, 호방할 때는 마치 질풍노도가 몰아치는 듯 군마의 말발굽 소리가 휘몰아치는 듯한 씩씩한 분위기의 생동감을 불러일으켰다. 완성된 녹음을 들으며 박시춘은 속으로 탄복했다고 한다. 해방 정국 격동의 분위기에 제대로 부응하는 너무도 적절한 가수를 뽑았다며 자신감을 얻었다. 과연 이 노래는 당시 청년 세대의 대단한 호응을 얻으며 단숨에 최고의 인기곡이 되었다.

이 노래가 대중 인기 가요의 으뜸으로 자리 잡게 되자, 북한 문화계 중진으로 활동하던 작사가 조명암이 일본 도쿄에 왔다가 기자 회견을 열어 깜짝 놀랄 만한 사실을 털어놓았다. 남조선 인민들이 애창하는 〈신라의 달밤〉이 사실은 자신이 만들었던 〈인도의 달밤〉을 그대로 표절한 것이라고 밝히면서, 남조선 당국에서는 이에 대한 사과와 함께 저작권료를 정당하게 지불하라고 요구했다. 조명암이 밝힌 〈인도의 달밤〉가사는 다음과 같다.

아 인도의 달이여
마드라스 교회의 종소리가 울린다
지나가는 나그네야 걸음을 멈추어라
달빛 어린 수평선 흘러가는 파도에
마음을 실어보자 방랑의 이 설움

−〈인도의 달밤〉 1절

이후 기자들이 작사가 유호에게 조명암의 주장이 사실인지 질문했지만, 유호는 묵묵부답으로 일관했다고 한다. 북한 당국에서는 이후로도 여러 차례 남조선 대중문화인들의 작품 무단 도용 사례를 비판하며 정당하게 저작권 인세를 지불해야 한다고 주장해왔다.

〈신라의 달밤〉을 필두로 해서 8·15해방 이후 경주 테마, 신라 테마 노래가 봇물처럼 쏟아져 나왔다. 〈신라 천년〉(백일평), 〈신라의 북소리〉(도미), 〈신라의 칼〉(신세영), 〈신라제 길손〉(백년설), 〈님 그리운 망부석〉(이미자) 등이 주류를 이루었다. 그 가운데 1948년 발표된 〈신라의 달밤〉은 모든 경주 테마곡가운데 최고의 상징적인 노래로 자리를 잡았다.

극작가로도 활동했던 작사가 유호는 1921년 황해도 해주 출생으로, 본명은 유해준이다. 처음엔 동양화가에 뜻을 두었으나, 1943년 극작가로 문단에 나왔다. 8·15해방 이후 경향신문 기자로 재직했으며, 1947년 박시춘의 요청으로 럭키레코드에서 〈신라의 달밤〉 음반을 발표했다. 조연 영화배우, 시나리오 각본가 등 영화 분야에서도 많은 활동을 펼쳤다.

대표적인 작품으로 〈신라의 달밤〉, 〈비 내리는 고모령〉, 〈전우야 잘 자라〉, 〈진짜 사나이〉, 〈맨발의 청춘〉, 〈떠날 때는 말 없이〉, 〈삼다도 소식〉, 〈아내의 노래〉, 〈푸른 잔디〉, 〈고향 만리〉, 〈전선 야곡〉, 〈이별의 부산정거장〉, 〈카추샤의 노래〉, 〈영원한 사랑〉, 〈님은 먼 곳에〉, 〈낭랑 18세〉, 〈종점〉, 〈서울 야곡〉, 〈길 잃은 철새〉 등이 있다.

현인은 1919년 부산 영도 출생이다. 일찍이 서울로 옮겨 가서 경성 제2고보(지금의 경복고)를 졸업하고, 1942년 일본 우에노음악학교에서 성악과 플루트를 배웠다. 대학 졸업 뒤 징용을 피해 중국 상하이로 건너간 그는 나이트클럽에서 샹송과 칸초네를 부르며 음악 활동을 시작했다. 8·15해방 직후 귀국하여 '고향 경음단'이라는 7인조 악단을 만들어 UN군 위문 공연에 참여했고, 팝송을 레퍼토리로 하여 극장 무대에서 활동했다.

성악을 전공한 음악도가 유행가를 부를 수 없다며 자존심을 지키던 현인은 작곡가 박시춘의 권유로 〈신라의 달밤〉을 럭키레코드에서 음반으로 발표하며 가요계에 데뷔하여 단숨에 스타덤에 올랐다. 성악에 바탕을 둔 창법은 신민요나 트로트 등과 달리 시원한 맛을 내며 해방 이후 가요계에 새바람을 일으켰다. 이어서 곧바로 내놓은 〈비 내리는 고모령〉은 일제 강점기 실향민의 기억을 되살린 노래로, 그는 일약 '국민가수'로 떠올랐다.

현인의 발표 작품은 무려 1,000곡이 넘는다. 대표곡으로 〈럭키 서울〉, 〈서울 야곡〉, 〈신라의 달밤〉, 〈비 내리는 고모령〉, 〈꿈속의 사랑〉, 〈굳세어라 금순아〉, 〈전우야 잘 자라〉, 〈베사메무쵸〉, 〈고엽〉, 〈인도의 향불〉, 〈능금나무 밑에서〉, 〈세월이 가면〉, 〈체리핑크 맘보〉, 〈파리의 다리 밑에서〉, 〈카네이숀〉, 〈어여쁜 꽃〉, 〈핫샤바이〉, 〈캬라반의 방울 소리〉 등이다.

약간 혀 짧은 느낌이 드는 발음에 턱을 덜덜 떨며 부르는 독특한 창법의 노래는 고난과 슬픔을 노래하면서 건강함과 감미로운 분위기로 현실의 슬픔을 극복할 수 있도록 도와준다는 평가를 받고 있다.

현인은 2002년 세상을 떠났다. 경주 불국사 앞에 '신라의 달밤 노래비', 부산 영도대교에 '굳세어라 금순아 노래비', 송도해수욕장에 가수 현인의 전신상과 노래비가 세워지기도 했다. 부산에서는 해마다 지역 출신 가수 현인을 기리는 〈현인가요제〉가 열리고 있다.

(5) 신라제 길손(손로원 작사, 이병주 작곡, 백년설 노래, 1952)

고향을 눈물 속에 두고 왔건만
낯설은 타향에도 신라제 노래
남한 길 피난민의 젊은 가슴을

한없이 울려주는 한없이 울려주는
피리 북소리

그날 밤 비바람이 짓밟아 놓던
내 고향 그 마을에 복사꽃 나무
경주 땅 봄빛 따라 다시 필 적엔
그리운 어머님이 그리운 어머님이
보고 싶구나

가슴에 맺힌 한을 풀어볼 길은
새날의 나팔소리 들려오는 날
내 고향 물방아가 도는 꿈속에
사나이 그 맹서만 사나이 그 맹서만
남아 있구려

이 노래는 6·25전쟁 당시 북에서 남으로 피난 내려온 실향민의 애달픈 향수를 달래주는 작품이다. 실향민의 심정을 실감 나게 그려낸 작사가 손로원의 노랫말이 돋보인다.

1·4후퇴 때 남으로 내려온 실향민은 어느 날 신라문화제가 열리고 있는 경주 거리를 걷게 된다. 피리, 북 등의 국악기 연주 소리가 들리는 거리를 걷노라니 고향 마을 축제에서 듣던 북소리가 떠올라 눈물이 핑 돈다. 고향의 봄에 피던 복사꽃이 경주 땅에도 피었는데, 이날따라 어머님이 너무도 보고 싶어진다. 언젠가는 반드시 고향을 돌아가고야 말 것이다. 그래야 가슴속에 맺힌 한을 풀어볼 수 있지 않겠는가?

월남 실향민들은 자신들의 처지를 비관하며 스스로를 '38따라지'라고 불렀다. 이 말은 원래 화투판에서 끗수를 셈할 때 나온 말이다. '섰다' 판을 별일 때 3끗과 8끗을 잡게 되면 11끗이 되는데, 10을 넘어갈 경우는 그 끗 수만 가지고 셈한다. 3끗과 8끗을 잡게 되면 1끗만 남게 되는데 1끗을 따라지라고 부른다. 1끗이라는 패는 너무 낮은 끗 수라 거의 이길 가망이 없는 패다. 그러므로 38따라지는 별 볼일 없는 패를 잡았을 때 쓰는 말이다.

해방 직후 삼팔선이 그어지고 나서 공산 치하인 북에서 남으로 내려온 사람들이 많았다. 삼팔선을 넘어온 사람들의 신세가 노름판에서의 38따라지와 비슷하다고 하여 그들을 속되게 '38따라지'라고 불렀다. 이 말은 일이나 사람이나 별 볼일 없는 것을 가리킬 때 비유적으로 쓰는 말이기도 하다.

작곡가 이병주는 1920년 대구 출생으로 1947년 지방에서는 최초로 대구에서 오리엔트레코드를 창립했다. 작곡가 이재호, 박시춘 등과 협력하여 회사 운영을 성공시켰으며 1950년대 초반 대구가 한국 가요사의 메카로 자리 잡도록 주도하였다. 전쟁 시기 대구로 피난 내려온 다수의 작사가, 작곡가, 가수들이 오리엔트레코드를 중심으로 모여들었다.

그들을 기반으로 활용하여 다수의 음반을 제작 발표했으며 〈귀국선〉, 〈전우야 잘 자라〉, 〈전선 야곡〉, 〈굳세어라 금순아〉, 〈님 계신 전선〉, 〈아내의 노래〉, 〈미사의 노래〉, 〈고향초〉 등의 노래가 큰 인기를 끌었다. 이 곡 〈신라제 길손〉도 가수 백년설이 대구에 거주할 때 함께 협력하여 제작, 발표한 음반이다.

한국 가요사에 뚜렷한 족적을 남긴 이병주는 2013년 세상을 떠났다.

가수 백년설의 본명은 이창민, 1914년 경북 성주 출생이다.

성주농업보습학교를 졸업했으며 학창 시절 문학과 연극에 관심을 가졌다. 친구였던 태평레코드 문예부장 박영호의 권유로 1938년 일본에서 〈유랑극단〉을 취입하면서 데뷔했다. 이후 태평레코드를 대표하는 가수로서 〈두견화 사랑〉, 〈마도로스 수기〉, 〈나그네 설움〉, 〈번지 없는 주막〉, 〈삼각산 손님〉, 〈고향길 부모길〉, 〈남포불 역사〉, 〈눈물의 백년화〉, 〈산 팔자 물 팔자〉, 〈천리정처〉, 〈아주까리 수첩〉 등 다수의 히트곡을 발표했다.

한없이 부드럽게, 듣는 이를 편안하게 위로하며 감싸 안는 듯한 창법으로 가수 남인수와는 많은 대조가 되었다. 남인수와 함께 일제 말을 대표하는 최고의 인기 가수였다. 그 때문에 1941년 지원병제가 실시되면서 〈혈서 지원〉, 〈아들의 혈서〉, 〈그대와 나〉 등 지원병 참전을 독려하는 군국가요 취입에 자주 동원되었다.

가수 심연옥과 결혼하고 1979년 미국으로 이민을 떠나 살다가 1980년 세상을 떠났다. 고향 성주의 성밖숲과 모교인 성주중고등학교 교정 두 곳에 〈나그네 설움〉을 새긴 노래비가 세워져 있다. 얼마 전 미국에 거주하는 딸 이혜정이 필자와 함께 성주를 방문하게 되었는데, 이때 부친의 고향 집이 있던 자리와 모교 등지를 일일이 찾아다녔고, 아버지의 노래비에서는 흉상을 쓰다듬으며 눈물을 쏟기도 했다.

(6) 신라의 칼(손로원 작사, 한복남 작곡, 한정무 노래, 1953)

신라의 피가 끓는 시퍼런 칼은

사나이가 부르짖는 꽃이런만은
일백 번을 죽고 죽어 황토가 될지라도
님 향한 일편단심 아 일편단심
내 어이 변하리오

간신의 무리들과 불의의 사랑
나려지는 칼날 끝엔 달빛도 뜬다
산수 찾아 도를 닦는 시퍼런 칼날 끝엔
님 향한 일편단심 아 일편단심
내 어이 변하리오

한국의 무예 역사를 보면, 신라 때부터 검(劍)을 연마하기 시작했다고 한다. 신라 화랑도는 심신 연마 수단으로 검술과 함께 정신 수양을 겸했다. 이미 당시에 〈무오병법〉이라는 병서가 있었다고 전한다. 화랑의 기원을 살펴보면 이미 단군조선 시대부터 천지화랑 제도가 있었다고 하며, 신라는 이를 받아들여 국가적으로 잘 관리하면서 삼국 통일의 원동력이 되도록 관리했다.

한국의 검은 한민족의 유구한 역사 속에서 형성된 보배와 다름없는 유산이다. 일반적으로 칼은 검(劍)과 도(刀)로 구분한다. 검은 양쪽에 날이 있는 칼이고, 도는 약간 굽은 모양에 한쪽에만 날이 있는 칼을 가리킨다. '환두대도(環頭大刀)'라는 칼은 손잡이 끝에 둥근 형태의 머리를 가진 큰 칼을 지칭한다. 신라에서 사용된 환두대도의 모양은 삼엽환두대도가 주류였다고 전한다.

이 노래는 원래 〈꿈에 본 내 고향〉을 불렀던 한정무의 발표곡이었다. 한정무가 세상을 떠난 뒤 신해성이 다시 취입했고,

이어서 신세영이 10인치 LP 음반으로 녹음해서 발매했다. 손로원이 작사한 노랫말에는 고려의 마지막 충신 포은 정몽주의 「단심가(丹心歌)」 어법이 그대로 차용되어 있다. "일백 번을 죽고 죽어 황토가 될지라도/님 향한 일편단심" 대목이 바로 그것이다.

신라의 칼과 단심가를 결합시킨 배경에는 1950년대 초반 6·25전쟁 시기에 펼쳐졌던 대혼란과 민심의 분열에 대한 우려를 담아낸 것으로 보인다. 공산 침략자들의 기습과 난동을 겪는 와중에서 서로의 책임론을 제기하며 극도의 혼란으로 휘몰아가던 당시 정국에 대한 비판 의식이 반영된 결과이기도 하다. 신라를 삼국 통일로 이끌었던 화랑도 정신을 부각시키며 국가주의와 충성심을 은근히 강조하는 손로원의 이념적 관점을 그대로 보여주는 곡이기도 하다.

가수 한정무는 1920년 함북 나진에서 태어났다. 1·4후퇴 과정에서 부산으로 피난 내려와 축음기의 바늘을 판매하는 노점상을 하며 힘든 시절을 보냈다. 이 무렵 도미도레코드를 운영하던 작곡가 한복남과 친교를 가졌다. 어느 날 두 사람이 방파제를 산책하던 중 누군가가 술에 취해 〈꿈에 본 내 고향〉을 구슬프게 부르는 것을 보았다. 이 노래를 듣자마자 한복남이 한정무에게 취입을 권유해서 음반이 발매되었다.

실향민 가수가 부른 이 노래는 부산에 거주하던 실향민들을 위무하며 인기곡으로 부상했다. 사실 이 곡은 한정무가 발표하기 전에 이미 가수 송달협이 악극단 무대에서 불러 부산 피난민들에게 널리 알려진 노래였다. 이 노래가 실제로 만들어진 것은 일제 말 1943년 경이라고 한다.

〈꿈에 본 내 고향〉을 히트시킨 뒤 몇 곡을 더 발표했던 한

정무는 1960년 서울에서 교통사고로 유명을 달리하고 말았다.

(7) 마의태자(손로원 작사, 이재호 작곡, 박재홍 노래, 1956)

달빛만 고요하게 태자성의 슬픈 추억은
바람 따라 구름 따라 길손을 못 가게 하네
아 피눈물의 무덤이 된 마의태자 우리 님아
풀벌레 울 적마다 눈물이 젖는 구려
태자성 우리 님아

은은히 들려오는 장안사의 목탁 소리만
산을 거쳐 물을 거쳐 길손을 울려만 주네
아 베옷 자락 원한이 된 마의태자 우리 님아
장삼에 삭발하신 스님도 우는 구려
태자성 우리 님아

또 하나의 마의태자 테마곡을 소개한다.
안기영이 부른 〈마의태자〉 가사를 썼던 시조 시인 이은상은
금강산의 태자궁 터를 다녀와 다음과 같은 시조 작품을 남겼다.

마의(麻衣) 초식(草食)하되 님이시니 님인 것이
님이 계오시니 막이라도 궁(宮)인 것이
높으신 그 뜻을 받들어 섬기올까 하노라

풀이 절로 나고 나무가 절로 썩고
나고 썩고를 천년(千年)이 넘었으니

유신(遺臣)의 뿌린 눈물이야 얼마인 줄 알리오

그 모른 외인(外人)들은 경(景)만 보고 지나가네
뜻 품은 후손(後孫)이라도 해만 지면 가는 것을
대대로 예 사는 새들만 지켜 앉아 우나니

오늘은 비 뿌리고 내일은 바람 불어
계오신 대궐은 터 좇아 모를노다
석양에 창태(蒼苔)를 헤치니 눈물 앞서 흐르네

궁터를 홀로 찾아 초석(礎石)을 부드안고
옛날을 울어내어 오늘을 조상(弔喪)할 제
뒷시내 흐르는 여울도 같이 울어 예더라

- 이은상의 시조 「태자궁지(太子宮址)」

손로원이 작업한 가사 1절의 내용은 태자성 이야기가 중요한 부분을 차지하고 있다. 마의태자가 거처했다는 현장에서 그 삶의 애잔함을 생각하노라니 눈물이 날 듯 처연하다는 표현이다. 2절에서는 머리를 깎고 장안사의 비구가 된 마의태자를 다루고 있다. 실제 사실에 근거했다기보다 구전되는 마의태자 설화를 재구성한 것으로 보아야 할 것이다.

과거 한때 고등학교 국어 교과서에 시인 김해강의 작품 「가던 길 멈추고-마의태자 묘를 지나며」가 수록된 시절이 있었다. 이 작품 역시 마의태자 묘가 있다는 지역을 돌아보며 느낀 감상을 쓴 것이다.

김해강은 1903년 전북 전주 출생으로 본명은 김대준이다.

1925년 『조선문단』을 통해 등단한 이후 카프에 가입하여 경향시를 주로 발표했다. 1920년대 후반 주로 농촌의 피폐한 현실을 고발하는 데 중점을 두었다면, 1930년대부터는 식민지 도시 공간의 우울한 지식인의 모습과 매춘 여성을 포함한 여성들의 삶 속에 가려진 식민 자본주의의 병폐를 상징적으로 고발하는 저항의 태도를 유지했다. 1930년대 중반부터 서정시로 시 세계를 확대했으나 1940년대 들어 훼절로 돌아섰고, 친일시를 발표하여 2002년 발표된 친일 문학인 명단에 포함되는 오점을 남겼다.

골짝을 예는
바람결처럼
세월은 덧없이
가신 지 이미 천년.

한(恨)은 길건만
인생은 짧아
큰 슬픔도 지내다니
한 줌 흙이러뇨.

잎 지고
비 뿌리는 저녁
마음 없는 산새의
울음만 가슴 아파

천고(千古)에 씻지 못할 한
어느 곳에 멈추신고.

나그네의 어지러운 발끝에
찬 이슬만 채어.

조각구름은
때 없이 오락가락하는데
옷소매를 스치는
한 떨기 바람.

가던 길 멈추고 서서
막대 짚고
고요히 머리 숙이다.

　　　　－김해강의 시「가던 길 멈추고－마의태자 묘를 지나며」

　　2020년 8월 29일 경술국치일에 전북 전주시 덕진공원에서
'시인 김해강 단죄비(斷罪碑)' 제막식이 열렸다. 이날 제막식에
는 민족문제연구소 전북지부와 광복회 전북지부 회원 등 10여
명이 참석했다. 김해강 시비 옆에 나란히 설치된 단죄비에는
시인의 친일 행적을 알리는 내용이 세세하게 기록됐다.
　　친일 행적이 알려지기 전 김해강은 〈전북 도민의 노래〉와
〈전주 시민의 노래〉를 작사하는 등 오랫동안 지역에서 존경받
는 문인으로 대우받았다. 하지만 일제 말 태평양전쟁 시기 가
미카제 자살특공대를 칭송한 시 〈돌아오지 않는 아홉 장사〉
등을 비롯해 친일시를 쓴 것으로 드러나면서 광복회 친일반민
족행위자 명단에 포함됐다. 이에 전주시는 지난 3월 조례 개
정을 통해 김해강이 쓴 〈전주 시민의 노래〉를 폐지했다.
　　민족문제연구소 전북지부장은 제막식에서 "친일 잔재의 흔

적을 지우는 것만큼 중요한 것이 역사적 사실을 잊지 않고 기억하는 것"이라며 "앞으로도 후손들에게 부끄럽고 치욕적인 역사를 널리 알려 반복되지 않도록 노력하겠다"라고 밝혔다.

(8) 신라의 북소리(야인초 작사, 박시춘 작곡, 도미 노래, 1959)

서라벌 옛 노래냐 북소리가 들려온다
말고삐 매달리며 이별하던 반월성
사랑도 두 목숨도 이 나라에 바치자
맹세에 잠든 대궐 풍경 홀로 우는 밤
궁녀들의 눈물이냐 궁녀들의 눈물이냐
첨성대 별은

화랑도 춤이더냐 북소리가 들려온다
옥피리 불러주던 님 간 곳이 어데냐
향나무 모닥불에 공들이는 제단은
비나니 이 나라를 걸어놓은 승전을
울리어라 북소리를 울리어라 북소리를
이 밤 새도록

금오산 기슭에서 북소리가 들려온다
풍년을 노래하는 신라제는 왔건만
태백산 줄기마다 기를 꽂아 남기고
지하에 고이 잠든 화랑도의 노래를
목이 메어 불러보자 목이 메어 불러보자

달래어보자

　가사에 나오는 지명 '서라벌'은 경주의 옛 이름이며, 통일신라의 수도였다. '서울'의 어원이 된 말이기도 하다. 셔블→셔을→서울, 이런 변화의 과정을 거쳐서 형성된 말이라고 한다.

　이 노래는 신라와 관련된 시적 장치와 소도구들을 다양하게 구사한다. 먼저 서라벌의 북소리, 반월성의 말 달리는 함성, 화랑과 원화의 훈련 소리, 궁녀, 첨성대의 별 등이 1절을 수놓는다. 2절에서 화랑도의 춤, 북소리, 옥피리, 향나무 모닥불과 제단이 등장하고, 3절에서는 '경주의 남산'으로 일컬어지는 금오산, 시내 전체에서 해마다 열리는 신라문화제 행사 등이 파노라마처럼 펼쳐진다.

　작사가 야인초(본명 김봉철)는 경주 신라 문화 축제 현장을 두루 답사한 경험이 있었고, 이를 바탕으로 가사를 썼을 것이다.

　평안북도에서 출생한 야인초는 전쟁 시기 부산으로 피난 내려와 살다가 아예 부산에 정착한 사람이다. 영도에서 아주 힘들게 설비를 마련해 음반을 수제작으로 생산하는 코로나레코드를 운영했다고 한다. 몹시 열세하고 열악한 제작 환경이었다. 야인초의 대표곡으로 손꼽히는 〈오동동 타령〉도 그러한 환경 속에서 발매되었다고 한다.

　가수 도미의 본명은 오종수, 1934년 경북 상주에서 태어나 대구 계성고를 졸업했다. 1951년 대구 오리엔트레코드가 주최한 제1회 신인가수선발콩쿨대회에서 입상하면서 가수로 데뷔했다. 오리엔트레코드 대표였던 작곡가 이병주가 준 〈청포도 사랑〉을 연습하던 중 서울의 작곡가 나화랑의 제자로 들어갔다. 그때 도미가 이 악보를 들고 갔는데, 이 곡이 나화랑의 작품으로 바뀌고 말았다. 당시에는 이런 일이 빈번했다고 한다. 도미는 나화랑 사단에 들어가서 〈비의 탱고〉, 〈청춘 번지〉 등을 히트시켰다. 이후 서울레코드에서 킹스타레코드로 소속을 옮겨가며 여러 곡의 히트곡을 발표했다.

1974년 미국으로 이민을 떠난 도미는 줄곧 미국에 살면서 가끔 한국을 다녀가곤 했다. 그때마다 KBS 〈가요무대〉에 출연, 고국 팬들에게 건재함을 알렸다. 대표곡으로 〈청포도 사랑〉, 〈오부자의 노래〉, 〈애정 산맥〉, 〈사도세자〉, 〈하이킹의 노래〉, 〈비의 탱고〉, 〈청춘 부라보〉, 〈사랑의 메아리〉, 〈눈물의 블루스〉, 〈귀향〉, 〈백제의 밤〉, 〈추억에 우는 여인〉, 〈신라의 북소리〉, 〈바로 그날 밤〉, 〈명동의 탱고〉 등이 있다. 신세영이 불렀던 〈전선 야곡〉을 리바이벌해서 크게 히트시키기도 했다. 도미가 리바이벌한 〈전선 야곡〉은 신세영의 원곡보다 한층 솜씨와 가창 효과가 뛰어난 수준으로 평가된다.

노래는 작품의 배경이 된 곳에 가서 부르면 한층 특별한 가창 경험을 할 수 있다. 가령 〈목포의 눈물〉을 목포 유달산이나 목포 시내 선술집에서 부른다면 아주 효과적인 가창이 이루어질 것이다.

필자는 오래전 〈신라의 북소리〉를 직접 경주에 가서 반월성 숲 고목나무 등걸에 앉아 불러본 적이 있다. 중국에서 온 어느 시인 부부에게 경주의 유적지를 안내하는 자리였다. 부드러운 봄바람은 볼을 간질이며 불어가고, 반월성 달빛은 휘영청 교교히 내리비치는데 인적은 끊어지고 내 노래는 반월성 넓은 뜰로 은은히 울려 퍼졌다. 옛 신라의 한을 품은 영혼들이 이 반월성에 계시다면 반드시 내 노래에 호젓이 귀를 기울이며 위로를 얻었으리라. 어찌 그리도 그날 밤, 그 노래의 분위기가 스스로 고조되던

지. 그 밤의 아름다운 추억을 떠올리니 가슴속에서 끓어오르는 풍류의 감정이 새삼 그리워진다.

(9) 님 그리운 망부석(반야월 작사, 서영은 작곡, 이미자 노래, 1966)

치술령 바위고개 밤마다 올라가서
망망한 허허바다 가신 님 불러보네
왕명을 어이하리 나라에 바친 그
어린 딸 삼 형제가 어린 딸 삼 형제가
아버지를 찾는구나

치술령 바위고개 솔바람 불어오고
교교한 달빛만이 바다에 흐르는데
목메어 부르다가 쓰러질 이 목숨이
님 그린 일편단심 님 그린 일편단심
망부석이 되었구나

망부석(望夫石)이란 절개 굳은 아내가 외지에 나간 남편을 고개나 산마루에서 기다리다가 죽어 돌이 된 것을 말한다. 아내가 죽어서 돌이 된 것이 아니라, 그 아내가 기다리던 돌이라는 의미로 '망부석'이라는 이름이 붙은 경우도 이에 해당된다. 대표적인 망부석 설화는 신라 시대 박제상의 아내가 치술령에서 죽어 망부석이 되었다는 이야기다.

눌지왕 때 고구려에 볼모로 잡혀간 왕의 동생을 구해 온 박제상은 집에도 들르지 않고 곧장 일본으로 건너가 또 다른 왕의 동생을 구출해 보낸 뒤, 일본에서 신라의 신하임을 고집하다 죽는다. 그의 아내는 남편을 기다리다 죽어서 망부석이 되고, 지역 주민들은 박제상의 부인을 칭송한다.

박제상의 부인은 죽어서 '치(鵄)'라는 새가 되고, 같이 기다리다 죽은 세 딸은 '술(述)'이라는 새가 되었다는 전설도 전해 내려온다. 이들 모녀가 치술령 신모(鵄述嶺 神母)가 되었고, 이에 주민들이 사당을 지어 모셨다는 기록도 있다. 엄밀히 말하자면, 사람이 돌로 변한다는 화석 설화는 현실에서는 불가능한 것이다. '돌'은 세월이 흘러도 변하지 않는 영원한 기념물이라는 상징적 의미가 있다. 이러한 돌로 기념비를 세우거나 죽은 장소에 있던 자연석을 기념하는 대상물로 삼게 되면, 그곳 주민은 망부석(기념비나 자연석)을 대할 때 실제 인물을 대할 때와 같은 경건한 마음을 갖게 된다. 이런 이유로 망부석 설화가 대대로 전해지게 됐을 것이다.

부인이 죽어 새가 되었다는 '치술령 망부석 전설'에서, 새의 의미는 일본에 건너간 뒤 소식이 끊긴 남편을 기다리는 심정으로, 새가 되어 훨훨 날아 바다를 건너가 생명의 공간을 극복하려는 의지이다. 살아서는 남편을 만나지 못하니 죽은 뒤에라도 새가 되어 소원을 이루고자 하는 의지의 표현이다. 이 곡에서 "이 몸이 새가 된다면"이라고 노래하는 대목은, 상상을 통한 갈망의 실현, 즉 죽어서 소원이 실현되었다는 부부의 사랑을 뜻한다.

마찬가지로 새가 되어서라도 아버지를 만나고 싶은 소원 때문에 세 딸도 새가 된 것이다. 외동읍의 치술령 아래에 이들 새가 살았다는 은을암(隱乙庵)과 위패를 모신 당(堂)이 있다. 죽어서라도 만나겠다는 의지는 새의 형상을 한 망부석으로, 박제상 부인에 대한 존경과 신앙이 산신으로 나타난 것이다.

작곡가 서영은은 1923년 서울 출생이다. 대표곡으로 〈부모〉, 〈노신사〉, 〈충청도 아줌마〉, 〈고향 무정〉, 〈셋째 딸〉, 〈무덤〉, 〈뜨거운 안녕〉, 〈그리움은 조용히〉, 〈찔레꽃 피던 고향〉, 〈기러기〉, 〈방랑 천리 나그네〉, 〈다홍 치마〉, 〈꽃가마 아가씨〉, 〈지각 대장〉, 〈감꽃이 필 때까지〉, 〈이별의 프랫트홈〉, 〈사랑아 돌아오라〉 등의 명곡들을 남겼다.

(10) 대왕암(김주영 작사·작곡·노래, 1979)

모래성을 뭉개듯 남북 삼천리
황금 투구 북소리 울리던 그날
그 큰 뜻에 하늘은 다시 맑았고
한 나라의 성업은 이룩됐어라
물으로 적을 막아 베이던 기개
죽는다고 내 나라를 모른다 하랴
마음속엔 또 하나 바다를 지켜
죽어서도 그 몸이 용이 됐어라
하늘땅에 무구한 세월 갔어도
문무왕 크신 음성 들리는 바다 대왕암
크신 임금 오늘도 살아
뜨고 지는 태양을 지켜보셔라
뜨고 지는 태양을 지켜보셔라

말 달리던 벌판은 님이 사신 곳
한평생을 눈비도 기쁘다 했네
자나 깨나 그 맘에 통일이 있어

온 누리를 잠 깨워 떨쳐 갔어라
창검을 높이 들면 적이 떨고
큰 활줄을 튕기면 승리가 왔네
이슬 길을 달리다 밤이 다 돼도
한나라를 지켜라 이겨 가리라
아들딸이 살아갈 조국이길래
셋으로 갈린 나라 하나로 했네 대왕암
다짐하고 누우신 넋은
다시 보는 가슴에 불을 밝혀라
다시 보는 가슴에 불을 밝혀라
다시 보는 가슴에 불을 밝혀라

대왕암은 경상북도 경주시 양북면 봉길리 앞바다에 있으며
문무대왕릉으로도 불린다. 1967년 대한민국의 사적 제158호로
지정되었다.

삼국을 통일한 문무왕은 자신이 죽으면 불교식으로 화장한
뒤 유골을 동해 근처에 묻어달라고 하며, 용이 되어 동해로 침
입하는 왜구를 막겠다는 유언을 남겼다. 681년 문무왕이 죽자
유언에 따라 화장한 유골을 동해의 큰 바위에 장사 지내고, 그
바위를 대왕암이라 불렀다.

대왕암은 그 둘레만 해도 200m에 달하는 천연 암초인데, 사
방으로 바닷물이 드나들 수 있도록 물길을 터서 언제나 맑은 물
이 흐르고 있다. 이 물길은 인공을 가한 흔적이 있고, 안쪽 가
운데에 길이 3.7m, 높이 1.45m, 너비 2.6m의 큰 돌이 남북으
로 길게 놓여 있어, 이 돌 밑에 문무왕의 유골을 묻었을 것으로
추정된다. 바다의 수면은 이 돌을 약간 덮을 정도이다. 바위 안
쪽 가운데에서 사방으로 물길을 낸 것은 부처의 사리를 보관하

는 탑의 형식을 적용한 것으로 볼 수 있다.

이 노래는 1979년 당시 안성농업전문대 학생이던 김주영이 제3회 〈MBC 대학가요제〉에 출전하여 금상을 수상한 작품이다. 김주영은 일명 대왕암을 테마로 삼국 통일의 업적과 성과, 죽어서까지 국가를 보위하겠다는 문무왕의 다짐과 결의 등을 감격적 화법으로 엮어냈다. 특히 노랫말 중간 부분에 "대~왕~암~"이라고 크게 외치며 절규하는 듯한 대목은 마치 새벽 바다에서 아득한 수평선을 향해 포효하는 젊음의 호방한 기상마저 느끼게 한다.

노래 따라 동해 기행

3부

환동해권 지역에 세워진 노래비

경상북도 전역에는 작사가, 작곡가, 가수들이 많이 배출된 만큼 건립된 노래비도 적지 않다. 우선 경북 영천문화원 뜰의 〈황성 옛터〉 노래비를 먼저 손꼽는다. 왕평 이응호의 고향인 영천에 이 노래비가 세워진 것은 당연하다. 〈황성 옛터〉 노래비는 왕평의 무덤이 있는 청송군 파천면 송강동 입구 도로변에도 세워져 있다. 이어서 성주 성밖숲 옆 도로변에 세워진 백년설 노래비와 백년설의 모교인 성주중·고등학교 교정의 노래비를 들 수 있다. 이 노래비엔 백년설의 절창 〈나그네 설움〉이 새겨져 있다.

추풍령 고개에 세워진 '추풍령 노래비', 김천 남산공원의 '문호월 노래비', 직지사 입구의 고려성, 나화랑 형제 노래비, 경산 남매공원 둑길의 '방운아 노래비', 예천 용궁면 회룡포 마을의 '회룡포 노래비', 역시 예천의 '최석준 노래비', 상주 화령 전승기념관 경내의 '6·25 노래비', 안동역 구내의 〈안동역에서〉 노래비, 경산 남매지 둑의 '방운아 노래비', 칠곡 약목의 '신유 노래비' 등이 있다.

대구 수성구 고모령에는 〈비 내리는 고모령〉 노래비, 금호강 둑의 〈능금꽃 피는 고향〉 노래비, 달성군 유가면의 〈빨간 마후라〉 노래비, 동산의료원 구내의 〈동무 생각〉 노래비 등도 뜻깊은 답사 코스 중 하나이다.

환동해권 지역의 노래비로는 경북 영덕 삼사해상공원의 〈외나무다리〉 노래비, 포항 호미곶의 〈영일만 친구〉 노래비, 구룡포 공원 충혼탑 옆에 세워진 이미자의 〈구룡포 처녀〉와 조미미의 〈구룡포 사랑〉 합동 노래비, 울릉읍 도동리 선착장의 〈독도는 우리 땅〉 노래비, 〈울릉도는 나의 천국〉을 새긴 이장희 노래비 등이 있다. 경주 지역에는 불국동 구정로터리에 세워진 〈신라의 달밤〉 노래비, 현곡면의 〈마지막 잎새〉 노래비, 황성공원에 세워진 동요 〈송아지〉 노래비, 양남면 나정해수욕장의 〈바다가 육지라면〉 노래비 등을 손꼽는다.

이런 노래비를 일부러 찾아서 답사 및 순례 코스로 다니며 현장을 확인하고 해당 노래를 함께 불러보는 것도 흥미로운 활동 중 하나이다.

노래비는 앞으로도 계속 세워질 것이다. 하지만 막상 찾아가 보면 노래비의 형태와 품격이라는 측면에서 현저히 미달되고 부족한 것들이 많다. 또한 아직 젊은 현역 가수로 활동 중인데 지역에서 이를 과대평가하여 서둘러 노래비를 세우는 것도 문제라 하겠다. 노래비 하나를 건립하는 일에도 최대의 정성과 논의, 심사숙고를 거쳐서 그야말로 대대로 전해질 전통과 격조가 느껴지는 노래비를 건립하는 것이 마땅하다.

단지 해당 지역 출신이라는 명분만으로 성급하게 노래비를 세운다면 앞으로도 얼마나 많은 노래비들이 난립될 것인가? 그것은 노래비의 값진 의미를 퇴색시키는 졸속 행정에 지나지 않는다.

나가는 말

조선 시대의 학자 성현(1439~1504)이 쓴 『용재총화(慵齋叢話)』와 실학자 이중환(1691~1756)이 지은 『택리지(擇里志)』에는 이런 글귀가 등장한다. "조선인재반재영남(朝鮮人才半在嶺南)", 조선에서 배출된 인재 절반가량은 영남 지역에서 나온다는 뜻이다. 경상북도 도청이나 각 지자체, 행정 기관에 가면 벽에 이 글귀를 써서 붙여놓은 것이 하나의 관행이었다. 거기다 덧붙여 그 지역 명칭을 얹어놓는 식이다.

예를 들자면, "조선인재반재영남(朝鮮人才半在嶺南), 영남인재반재일선(嶺南人才半在一善)"이라고 원래 문구를 재구성했는데, '조선의 인재 중 절반은 영남 출신이며, 그 가운데서 또 절반은 선산 출신이다'라는 의미이다. 이 문구의 '일선' 대신 울진, 영덕, 포항, 경주 등의 지역 명칭을 넣으면 그것이 곧바로 통용되었던 것이다. 어떻게 보면 지역 이기주의가 다소 느껴지는 문구이기도 하지만 지역 사랑, 향토 사랑으로 끓어넘치는 지역민들의 애정 어린 충심에서 빚어진 것이니 즐거운 조크로 받아들여도 되겠다.

지금까지 환동해권 지역의 대중가요 작품과 그 자료를 만든 작사가, 작곡가, 가수들의 활동과 면모에 대해 살펴보았다. 그 수와 분량이 뜻밖에도 상당히 많았던 사실을 확인하게 된 작업이었다. 한국 대중음악사를 통틀어 서울을 다룬 노래가 가장 많고, 다음으로는 부산이다. 대구와 경북, 그 가운데서도 환동해권을 다룬 노래가 상대적으로 적은 듯 느껴졌지만 실제로 경험해보니 상당한 분량이었음을 알게 되었다. 하지만 양적으로는 풍부했어도 그만큼 대중들에게 히트곡으로 다가갔던 노래는 적었다는 뜻이기도 하다. 놀라운 것은 울릉도, 독도를 테마로 한 노래가 예상외로 많았다는 사실이다.

작품의 전모를 살펴보는 과정에서 대구·경북 지역을 주제로 한 노래들, 그 가운데서도 환동해권을 테마로 다룬 가요 작품들과 그것을 만든 대중음악인들이 한국 대중음악사를 떠메고 험난한 시절을 버티며 살아온 장한 역사를 지니고 있음을 알게 되었다. 경상북도 환동해권 주민뿐만 아니라 한국인 모두에게 긍지와 자부심으로 다가가게 될 것이다. 뿐만 아니라 역사의 뒤를 이어가는 후세들에게 이 자랑찬 민족사의 성과물들을 기쁘게 소개하고 가르치는 것도 매우 뜻깊은 활동이 될 것이다.

최근 빌보드 차트에서 당당히 1위를 차지하는 등 세계적으로 명성을 떨치는 BTS(방탄소년단) 멤버 중에도 대구 경북 출신이 소속되어 있다는 점은 매우 특기할 만하다. 만약 BTS 발표 작품으로 환동해권 지역을 다룬 노래가 나온다면 얼마나 감격적인 쾌거일까? 그렇게 된다면 전 세계에 자연스럽게 알려지는 경로가 될 것이다.

대중음악은 우리 삶에서 지금도 현재 진행형으로 생성되고 작용하며 줄곧 이어져간다. 거기엔 시대와 역사와 민중 생활사의 숨결이 고스란히 담겨 있다. 오랜 기간 그 누구도 살뜰히 눈여겨 보아 주지 않는 고독한 환경 속에서 이처럼 소중하고 고귀한 문화사적 성과를 이룩하고 축적해온 대중음악인 모두에게 뜨거운 격려의 박수를 보낸다.

노래 따라 동해 기행
2020년 12월 31일 1판 1쇄 펴냄

지은이   이동순
펴낸이   김성규
편집   김은경 미순 조혜주
디자인   김동선
펴낸곳   걷는사람
주소   서울 마포구 월드컵로16길 51 서교자이빌 304호
전화   02 323 2602
팩스   02 323 2603
등록   2016년 11월 18일 제25100-2016-000083호

ISBN   979-11-91262-14-8   03810

* 이 책은 문화체육관광부와 경상북도 환동해지역본부의 지원으로 발간되었습니다.